自鞏洛舟行入
黃河卽事寄府縣僚友

공현의 낙수에서 배로 황하로 들어가며
즉흥시를 지어 부현의 벗들에게 부치다

來水蒼山路向東
東南山豁大河通
寒樹依微遠天外
夕陽明滅亂流中

강물 낀 푸른 산 뱃길은 동쪽을 향하고
동남쪽 사이 활짝 열려 드넓은 황하로 통하네
겨울 나무는 먼 하늘 끝에 닿아 희미하고
석양은 물결 속에서 사라져 간다

Fantastic Oriental Heroes

녹림투왕

녹림투왕 4

초우 新무협 판타지 소설

초판 1쇄 찍은 날 § 2005년 9월 9일
초판 1쇄 펴낸 날 § 2005년 9월 19일

지은이 § 초우
펴낸이 § 서경석

편집장 § 문혜영
편집책임 § 장상수
편집 § 서지현 · 최하나

펴낸곳 § 도서출판 청어람
등록번호 § 제1081-1-89호
등록일자 § 1999. 5. 31
어람번호 § 제2-0694호

주소 § 경기도 부천시 원미구 심곡1동 350-1 남성B/D 3F (우) 420-011
전화 § 032-656-4452 팩스 § 032-656-4453
http://www.chungeoram.com
E-mail § eoram99@chollian.net

ISBN 89-5831-726-4 04810
ISBN 89-5831-402-8 (세트)

Fantastic Oriental Heroes

녹림투왕 4

청어람

| 목차 |

　모과산에서 서북으로 백오십여 리 떨어진 마두산은 산 자체가 말 머리처럼 생겼기에 붙여진 이름이었다.

　비록 높은 산은 아니었지만, 산이 워낙 험한 데다가 주변 역시 첩첩산중이라 마두산이 있다는 것을 아는 사람도 많지 않았다.

　단지 우연히 이곳을 지나던 무인들 사이에 이런 산이 있다는 이야기만 돌고 있는 정도였다. 그나마 산 모양이 특이하였기에 주변의 무명산과는 달리 마두산만 유일하게 산 이름이 붙은 정도였다.

　마두산 인근의 산들은 험하고 높은 봉우리를 지닌 산들도 상당수 있었다.

　그중에는 일 년 내내 만년설이 녹지 않고 눈 덮인 봉우리를 지닌 산도 있었다.

험하다는 것만 빼면 주변 경치는 정말 빼어난 곳이라고 할 만한 곳이었다.

그 마두산 아래 관표와 반고충, 장칠고가 서 있었다.

관표가 반고충을 보며 말했다.

"사부님이 말한 마두산이 이곳인 것 같습니다."

반고충은 마두산을 둘러보면서 고개를 끄덕였다.

"확실히 산 모양을 보니 이곳이 마두산이 맞긴 한 것 같네. 하지만 나도 이곳에 백골노조가 확실히 있다는 보장은 할 수 없어. 단지 몇 가지의 풍문을 종합해서 이곳일 거라고 짐작만 할 뿐일세. 그리고 그것도 몇십 년 전의 이야기라 더욱 신빙성이 희박하다는 사실은 미리 알고 있게나. 그러니 결과에 너무 실망하지는 말게."

"명심하겠습니다."

관표는 말은 그렇게 하였지만, 속으로는 어떤 결심을 굳히고 있는 것 같았다.

반고충은 강시에 집착하는 관표를 보고 조금 걱정스런 표정으로 물었다.

"강시에 너무 많은 기대를 하는 것 아닌가? 그러다 실망이라도 하면 어쩌려고 하는가?"

반고충의 말에 관표는 가볍게 한숨을 쉬었다.

"사부님, 잠시 쉬었다가 찾아보기로 하죠."

관표의 말에 반고충과 장칠고는 큰 나루 아래에 자리를 잡고 앉았다. 관표 역시 그들의 앞에 앉은 다음 반충의 물음에 대답을 하기 시작했다.

"사부님도 알다시피 녹림도원의 형제들은 겨우 오십여 명이 조금 넘는 정도입니다. 그리고 그들 중에 절대고수는 나와 자운, 그리고 대과령 정도입니다. 물론 여러 가지 훈련 결과 모두 상당한 수준의 무공을 지니게 되었지만, 그것은 어디까지나 산적들에 비해서고 명문대파와 비교할 수는 없다고 생각합니다. 또한 일부는 무공을 전혀 모르는 화전민 출신입니다."

관표의 말에 반고충은 인정한다는 표정으로 고개를 끄덕였다.

"그리고 그에 비해서 우리와 원한을 맺었거나 적이 될 문파들은 너무 강합니다. 이제 그들과 싸우려면 우리에게도 힘이 필요합니다. 그러나 무공이란 것이 하루아침에 되는 것도 아니고 믿을 수 있는 동료들을 찾기도 쉽지 않습니다. 그렇다면 지금 있는 녹림도원의 형제들이라도 빨리 만족할 만한 수준의 고수로 만들어야 하고, 힘이 되는 수하들도 더 많아야 합니다. 그리고 지금 수유촌을 개발하는 데도 많은 인력이 필요한 것은 이미 이전에 말한 바 있습니다."

잠시 말을 쉬고 난 다음 관표는 말을 이었다.

"이 모든 것을 단숨에 해결할 수 있는 것이 강시라고 생각한 것입니다."

반고충은 그 말에 어느 정도 일리는 있다고 생각했다.

"강시는 일꾼이나 우리의 중요한 전략적인 무기로만 사용되어지는 것이 아닙니다. 활용하기에 따라 무궁무진합니다."

반고충과 장칠고가 궁금한 표정으로 관표를 보았다.

반고충이 물었다.

"또 다른 복안이라도 있나?"

"지금 있는 오십여 명의 수하들을 정예화시키기 위해서 가장 필요한 것은 실전 경험입니다. 그렇다고 동료들끼리 칼부림해서 경험을 쌓게 할 수도 없고, 경험을 위해 전쟁을 할 수도 없습니다. 하지만 강시라면 좋은 상대가 되어줄 것입니다. 강시도 여러 가지가 있다고 들었습니다. 적절히 이용하면 훈련용으로도 그만이란 생각이 듭니다."

"참으로 다양한 방법으로 활용할 생각을 하는군. 그 부분이라면 나도 찬성하네. 확실히 좋은 성과를 지닐 수 있을 것이네. 하지만 그래도 걱정은 되네."

"알고 있습니다. 도덕적인 부분과 자칫하면 정파의 무인들에게 공적으로 몰린다는 것도. 하지만 어차피 그들은 우리와 적입니다. 굳이 강시를 사용하지 않아도 공적으로 몰릴 각오를 해야 합니다. 그리고 우리에겐 당장 전력이 필요합니다. 이미 강호엔 나에 대한 소문이 났을 것이고, 각 대문파에서 진상을 조사하고 있을 것입니다. 그래서 녹림도원은 지금 당장 힘이 필요합니다. 하지만 우리가 힘을 얻을 수 있는 방법은 아무 곳에도 없습니다. 강시는 지금 우리에게 있어서는 생명줄이나 마찬가지입니다. 골치 아픈 것은 나중 일입니다. 당장은 살고 봐야 합니다. 우리에게 큰 위험이 다가오고 있다는 직감이 나를 서두르게 하고 있습니다."

관표의 말을 들은 반고충이나 장칠고는 그동안 조금 안일했다는 생각이 들었다.

그러고 보니 지금 현제 철기보가 완전히 멸문한 것이나 마찬가지다. 그리고 철기보는 백호궁과 밀접한 관계에 있을 뿐 아니라 명목상은 정파에 속해 있다.

이것이 지닌 파장은 의외로 엄청 클 것이다.

반고충과 장칠고는 소름이 오싹 끼치는 느낌을 받았다.

관표가 아무리 강하다 해도 그것은 한계가 있다.

다수 대 다수의 대결에서 살아남으려면 한 명이 강하다고 되는 문제가 아니었다. 물론 그것이 어떤 면에서 큰 힘을 지니기도 하지만, 난전에서라면 아무리 관표라도 녹림도원 전체를 돌볼 수는 없는 것이다.

"자네의 말은 알겠네. 그동안 조금 쉽게 생각했군."

반고충의 심각한 목소리에 장칠고 역시 마음을 새롭게 가다듬었다.

"이제 찾아보기로 하죠."

"그러세."

"일단 자네는 사부님과 함께 오른쪽으로 돌면서 찾아보게. 나는 왼쪽으로 돌아보겠네. 단, 수상한 곳이 있으면 더 이상 근접하지 말고 다시 이리로 돌아오게."

"충. 명심하겠습니다."

"그럼 세 시진 후에 다시 여기서 보기로 하지."

"충."

장칠고가 힘찬 구호로 대답을 대신하였다.

백골노조를 찾기 시작한 지 오 일이 지났다. 그러나 관표와 반고충, 그리고 장칠고는 백골노조의 그림자는 고사하고 살아 있는 사람의 그림자조차 구경하지 못했다.

마두산이 비록 높지는 않았지만 그 둘래가 오십여 리요, 인근 산까지 합하니 끝없이 넓었다. 더군다나 산들은 골이 깊고 첩첩인데다 숲이 우거져서 찾기가 더욱 어려웠다.

오 일이 지나자 낙담한 관표가 중얼거리듯이 말했다.

"차라리 수하들을 전부 끌고 와서 함께 뒤지는 것이 나을 뻔했나?"

관표의 중얼거리는 소리를 들은 반고충이 고개를 흔들었다.

"그렇게 했다면 백골노조가 먼저 위협을 느끼고 아주 깊숙이 숨어버렸을 것일세. 우리처럼 소수라면 그도 혹여 우리를 본다 해도 큰 경계심을 가지진 않을 것이라 생각하네. 어차피 각오는 하고 온 거 아니겠는가? 이제 조금 더 찾아보고 생각하기로 하세."

관표 역시 반고충의 말에 동의하였다.

"그게 옳을 것 같습니다. 하지만 무엇인가 조금 더 효율적인 방법을 생각해 보는 것도 좋을 것 같습니다."

"효율적인 방법이라니, 뭐 좋은 생각이라도 있는가?"

"지금 생각해 보는 중입니다."

"흐음, 그러고 보니 한 가지 생각지 못한 것이 있네."

"그것이 무엇입니까?"

"강시를 만드는 장소로 가장 좋은 곳은 음하고 찬 곳이라야 하네. 그래야 시체를 보관하기 쉽고, 시체가 부패하는 것을 방지할 수 있다네. 그렇다면 산 아래보다도 높은 산봉우리 쪽이 좋을 거란 생각이네. 그리고 마두산이란 말에 너무 집착해서 마두산만을 뒤졌지만, 이 근처일 뿐이지 꼭 마두산이라고 생각할 필요가 없지 않을까 싶네."

그 말에 관표와 장칠고의 시선은 한쪽으로 몰렸다.

멀지 않은 곳에 상당히 높은 봉우리 하나가 솟아 있었다.

마두산의 봉우리는 아니었지만, 근처에서 가장 높은 봉우리였다. 그리고 봉우리의 상층부 이 할 정도는 만년설로 뒤덮여 있었다.

너무도 찾기 쉬운 장소를 두고 엉뚱한 곳을 찾고 있었다는 생각이 드는 순간이었다.

반고충 역시 그 봉우리를 보면서 고개를 끄덕였다.

"가보세."

반고충의 말이 신호인 듯 세 사람의 신형이 그 봉우리를 향해 달리기 시작했다.

봉우리는 생각보다 상당히 높았다.

최소한 팔백 장(이천사백 미터) 정도는 되는 것 같았다.

산 위를 향해 신법을 펼치면서 관표가 신기한 표정으로 말했다.

"산이 아주 높지도 않은데, 어떻게 눈이 녹지 않을까요."

"내가 생각해도 신기한 일일세."

반고충의 대답에 장칠고가 말했다.

"제가 생각하기엔 저 봉우리의 눈은 다른 산의 고지대에 비해 늦게 녹을 뿐, 일 년 내내 눈이 녹지 않는 것은 아닐 거라고 생각합니다."

장칠고의 말에 반고충이 고개를 흔들었다.

"저 봉우리에 대해서라면 나도 들은 바가 있네. 비록 여름엔 거의 모든 눈이 녹지만, 봉우리 최정상은 고대로부터 내려온 만년빙이 녹지 않은 채로 그대로 남아 있다더군. 중원 북부 몇 곳에 저런 산봉우리들이 있는 것으로 아네."

"자세한 것은 올라가 보면 알겠죠."

관표의 말에 두 사람은 고개를 끄덕이고 눈 덮인 산봉우리 쪽을 향해 신법을 펼쳤다.

관표 일행은 그날 목표로 했던 산봉우리 아래서 노숙을 하고 이른 아침부터 산봉우리를 오르기 시작했다.

산 바로 아래서 본 봉우리는 멀리서 보았을 때보다 가파르고 험한 편이었지만, 무인인 관표 일행에겐 큰 방해가 되지 않았다.

중턱까지는 깊고 험한 숲으로 둘러싸였던 봉우리는 중턱을 넘어서자 깎아지른 절벽으로 되어 있어 무림의 고수가 아니라면 감히 접근하기도 어려울 정도였다.

절벽을 타고 신법을 펼치면서 반고충과 장칠고는 자신들의 무공이 전에 비해 비약적으로 발전했다는 사실을 다시 한 번 깨우칠 수 있었다.

비록 관표처럼 수월하게 절벽을 타고 오르는 것은 아니었지만, 신법을 이용해서 절벽을 타고 있는 자신들이 대견스러웠던 것이다.

전 같으면 어림도 없는 일이었다.

관표가 새삼 고마울 뿐이었다.

봉우리를 향해 올라가던 일행의 걸음이 멈추어졌다.

절벽과 절벽 사이로 난 틈에 약 천 평 정도의 얼음 분지가 있었는데, 사방으로는 빙벽이 울타리처럼 쳐진 곳을 발견하였던 것이다.

산의 정상에서 약 백 장 정도 아래 부분이었다.

그렇지 않아도 산을 뒤지며 올라오던 관표와 반고충, 그리고 장칠고는 정상이 얼마 안 남았는데도 어떤 흔적이 없자 실망하던 참이었다.

새롭게 힘이 생기는 기분이었다.

갈라진 틈으로 들어가던 관표의 신형이 멈추어졌다.

밖에서 보았을 때 사각 지대를 이루고 있던 곳에 피가 고여 있었고, 그 주변으로 몇 명의 인물들이 죽어 있었다.

관표는 일단 안으로 들어가서 시체들을 살펴보았다.

뒤이어 들어온 반구충과 장칠고도 놀란 듯 다가와 시체들을 살펴보았다.

모두 검은 옷을 입은 사람들로 가슴 복판에는 하얀 해골이 하나씩 그려져 있었다.

모두 심장이 쪼개져 죽었는데, 그들의 상처는 예리하게 갈라져 있었다.

모두 단 일 격에 죽은 것 같았다.

검은 옷의 시체들을 살핀 반고충이 관표를 돌아보며 말했다.

"표야, 이들은 모두 백골문의 수하들인 것 같다."

백골문은 백골노조가 만든 문파의 이름이었다.

"짐작하고 있었습니다. 그렇다면 이 근처 어딘가에 백골문이 있는 것이 확실하군요."

"그런 것 같다."

"그렇다면 서둘러야 할 것 같습니다."

말을 하는 관표의 얼굴 표정은 무거웠다.

단순하게 백골문의 수하들이 죽은 것 때문은 아니었다.

반고충은 관표의 표정이 왜 무거운지 이미 짐작한 듯 물었다.

"마음에 걸리는 게냐?"

"그렇습니다. 이들의 상처를 보건대, 백골문의 수하들을 죽인 자가 누구인지 모르지만 상당한 고수들입니다. 더군다나 이들을 죽인 것은 도검이 아니라 창 같습니다."

"창이라고?"

반고충도 놀란 표정이었다.

예리하게 잘린 모습을 보아 도검 종류의 무기에 당했다고 생각했던 것이다.

"사선의 각으로 보아 창이 분명합니다. 그건 그렇고……."

관표는 잠시 말을 끊은 다음 다시 한 번 주변을 살피면서 말했다.

"다섯이나 되는 백골문 제자를 죽였는데, 근처 어디에도 이들을 죽인 자들의 흔적이 없습니다. 발자국조차 없군요. 대단한 고수들입니다."

관표의 말을 듣고서야 반고충과 장칠고의 표정 역시 심각하게 굳어졌다. 그들은 다시 한 번 주변을 살펴보았다. 그러나 그들이 감지할 수 있는 흔적은 아무것도 없었다.

반고충과 장칠고가 더욱 긴장한 표정으로 관표를 보았다.

그들은 조금 전 관표가 한 말에서, 백골문을 죽인 자들의 흔적을 발견했다는 것을 짐작했기 때문이다. 그리고 자들이라고 했다. 그렇다면 이들을 죽인 것은 한 명이 아니라 여러 명이란 말이었다.

관표는 그들과 일 장 이상 떨어진 곳을 가리키며 말했다.

"이들을 죽인 자들은 이곳에서 백골문의 수하들을 단 일 격에 죽였습니다. 거리상 검과 도는 맞지 않습니다. 하지만 이들을 죽인 자는 정말 대단한 고수인 것 같습니다. 그리고 한 명이 아니라 모두 십여 명이 넘는 것 같습니다."

반고충은 십여 명이 넘는다는 말에 놀라며 말했다.

"죽은 자들의 흔적으로 보아 이들이 죽은 시간은 얼마 되지 않은 것 같은데, 흔적이 거의 없다니."

"뿐만 아니고 그들은 지금도 싸우고 있는 것 같습니다."

관표의 말에 반고충과 장칠고는 관표가 바라보는 곳으로 시선을 돌렸다.

관표는 정신을 집중하고 맞은편 절벽을 유심히 바라보고 있었다.

두 사람 역시 맞은편 빙벽을 유심히 보았지만, 보이는 것은 아무것도 없었다. 물론 어떤 기척도 들리지 않는다.

"사부님, 먼저 가봐야 할 것 같습니다. 뒤따라오십시오."

관표가 그 말을 남기고 단숨에 빙벽까지 날아갔다.

관표는 빙벽 앞에 서자마자 자신의 앞에 있는 빙벽을 유심히 살펴보았다. 분명히 지금 자신이 보고 있는 빙벽 안에서 무기 부딪치는 소리와 비명 소리를 들었던 것이다.

빙벽을 유심히 살피던 관표의 시선 속에 손의 지문이 묻어 있는 곳이 보인다.

그곳은 다른 빙벽에 비해 약간 튀어나온 부분이었다.

관표는 그곳을 슬쩍 눌러보았다.

순간, '스르릉' 하는 소리와 함께 빙벽이 갈라지면서 거대한 동굴이 드러났다.

관표는 망설이지 않고 동굴 안으로 들어갔다.

일단 빙벽이 갈라지고 나자, 안에서 들리는 소리가 더욱 명확해졌다.

관표의 신형이 동굴 안을 향해 달리기 시작했다.

여기저기 기관 장치가 되어 있었던 것 같았지만, 지금은 모두 파괴

되어서 관표의 앞을 가로막는 방해물은 아무것도 없었다.

동굴 속 거대한 광장 안.

사방이 이십여 장은 족히 되었고, 높이만 해도 오 장이 넘는 동굴 광장은 보기만 해도 신비한 모습이었다.

천장에 매달린 수백, 수천 개의 종유석 사이로 동굴 여기저기에 박혀 있는 야광주는 동굴 광장을 더욱 아름답게 만들어주면서 대낮처럼 환하게 밝혀주었다. 그리고 벽에서 흘러내린 물이 광장 한편에 조그마한 호수를 만들어놓고 있었는데, 그 아름다운 광경과는 달리 바닥은 선혈이 낭자했다.

십여 구의 시체가 여기저기 흩어져 있었고, 피는 그들의 몸에서 흘러나오고 있었다.

동굴 안쪽에는 긴 머리카락을 질끈 동여매고 흰 수염이 멋들어진 마른 노인이 서 있었는데, 노인은 시체가 된 자들을 바라보면서 눈물을 글썽이고 있었다.

그런 노인의 주위로는 십여 명의 인물들이 나란히 서 있었고, 그들 중 이제 십오륙 세쯤 되어 보이는 마른 소녀가 슬픈 표정으로 노인의 곁에 서 있었다. 그리고 노인의 맞은편에는 십여 명의 여승이 모두 단창을 들고 서 있었는데, 그들의 위세는 보는 사람들로 하여금 저절로 위축 들게 만들 정도로 대단하였다.

여승들을 본 관표는 그들이 누구인지 어렵지 않게 알 수 있었다.

그녀들의 승복에 새겨진 연꽃 무늬는 바로 아미파의 상징이기 때문이었다.

'아미파의 여승들이다! 그런데 아미파의 여승들이 창을 들고 있다니. 그렇다면 아마의 전설이 드디어 깨어난 것인가?'

관표의 표정이 굳어졌다.

만약 사실이라면 일은 결코 만만치 않은 상황이었다. 그리고 그녀들의 목적이 무엇인지도 중요했다.

관표는 일단 조금 더 지켜보기로 하고 반고충과 장칠고에게 전음을 보냈다.

"상황이 좋지 않으니 입구에서 조금만 기다려 주십시오."

관표의 전음을 들은 반고충과 장칠고는 동굴 입구의 틈에 숨어서 기다리기로 하였다.

그때 노인이 아미의 여승들을 노려보면서 분노 어린 목소리로 말했다.

"이 계집들아! 대체 내 제자들이 무슨 잘못을 했다고 이렇게 무자비하게 살해를 하는 것이냐?"

십여 명의 여승 중에 맨 앞에 서 있던 여승이 서늘한 눈으로 노인을 보면서 대답하였다.

"백골노조, 그것을 몰라서 묻느냐?"

"모르니까 묻는 거 아니냐? 철진, 이 살쾡이 같은 년아!"

백골노조의 입이 거칠어졌다.

너무 억울하고 화가 났지만, 어쩔 수 없는 상대에 대한 무력함으로 인해 노인은 절망하고 있는 듯했다.

그건 반대로 여승들의 무공이 그만큼 강하다는 반증이기도 했다.

'백골노조라면 그래도 나름대로 강한 인물 중 한 명이라고 알려진

자인데, 저렇게까지 궁지에 몰리다니…….'

관표는 여승들의 무공에 대해 강한 호기심이 일었다.

찬찬히 살펴본 그녀들의 무공은 관표조차 놀라지 않을 수 없을 정도로 강했다.

그들 중 맨 앞에 서 있는 철진(鐵眞)이란 여승이 그녀들 중 배분이 가장 높은 듯한데, 철진 이외의 다른 여승들 무공도 그녀에게 결코 뒤지지 않는 수준이었다.

관표는 반고충이 알려준 강호 인명록에서 철진이란 이름을 기억해 낼 수 있었다.

'철진이라면 아미 칠대장로 중 수석장로가 아닌가? 그런데 그녀가 사천에서 여기까지 여긴 무슨 일로 왔단 말인가?

그녀는 아미파 장문인인 무진 사태의 바로 손아래 사제였다.

관표는 다시 한 번 주의 깊게 그녀와 여승들을 살펴보았다.

그녀들이 서 있는 주위로는 강한 무형의 기운이 어려 있었는데, 그 힘은 지금까지 관표가 상대하면서 가장 무섭다고 생각했던 혈강시진보다도 훨씬 강했다.

'개개인도 강하고 무섭지만, 이들의 연수합벽은 더욱 무서울 것 같다.'

관표는 그녀들의 무공 수위를 보고 아미파의 숨겨진 저력에 다시 한 번 놀라지 않을 수 없었다. 또한 구대문파의 숨겨진 힘에 대해서 다시 한 번 생각해 보는 계기가 될 수밖에 없었다.

백골노조의 거친 욕설에도 불구하고 여승들은 조금도 흔들림이 없었다.

철진이 불호를 외면서 대답하였다.

"아미타불, 죽은 자의 시신을 가지고 장난을 치는 것은 죽어 마땅한 죄입니다. 더군다나 시주는 십오 년 전에 저지른 과오를 벌써 잊은 것은 아니겠지요."

철진의 말투는 달라졌다. 경어를 사용하는 것이 결코 좋은 것이 아님을 그녀의 목소리에 가득한 살기로 알 수 있었다.

백골노조의 얼굴이 참혹하게 일그러졌다. 그러나 그도 역시 할 말이 있는 모양이었다.

"네년들이 말하는 일이란 게 정진 사태의 일이라면 아직 잊지 않았다. 하지만 그년도 분명히 잘못은 있다. 비록 내가 강시를 제련할지언정 죄없는 사람을 잡아다 쓴 적이 없고, 시체는 정당하게 돈을 주고 사서 사용해 왔다. 한데 정진 그년은 나를 보자마자 마인이라고 고함을 치면서 살수를 쓰기 시작했다. 나에겐 변명할 기회도, 시간도 주지 않았다. 나도 그냥 죽을 순 없어서 강시들을 이용하여 대항하였다."

백골노조는 그때가 다시 생각나는지 이를 부드득 갈아붙이고 말을 이었다.

"그년은 당시 내가 지니고 있던 강시들을 전부 죽이고 저도 결국 감당하지 못해서 강시들과 동패구사해서 죽었다. 그걸 나더러 어쩌란 말이냐?"

백골노조의 항의성 말에도 아미의 여승들은 꿈쩍도 않았다.

"아미타불, 시주는 구차하게 변명하지 마십시오. 이제 그 죄 많은 생을 여기서 접고 부디 구천에서는 죄의 대가를 받길 바라겠습니다. 차후에 태어나실 때에는 착하게 살아가시길 바랍니다."

참으로 인자한 목소리였다. 그러나 그 내용은 반드시 백골노조를 죽이고 말겠다는 고집으로 가득했다.

백골노조가 이를 빠드득 갈았다.

"중년들이 참으로 지독하구나!"

"악을 제거하는 데 인자함은 결코 도움이 되지 못한다는 것이 빈니, 철진과 아미의 생각입니다."

백골노조의 얼굴이 참담해졌다.

보통 정파라고 자처하는 자들의 경우, 그래도 절차라는 것을 무척 중요하게 생각하는 경향이 있었다.

보통의 경우라면 먼저 항복할 것을 권유하고, 그것이 여의치 않으면 생포해서 아미파로 데려가 시시비비를 가린 다음 처벌할 것이다. 그런데 지금 나타난 아미파의 여승들은 그 모든 것을 아예 생략하고 나왔다.

그들의 목적은 지금 백골노조를 비롯한 백골문의 완전한 섬멸인 것 같았다.

백골노조는 그 점을 이해할 수 없었다.

아무리 정진 사태의 복수를 한다고 해도, 명문정파의 대표 중 하나인 아미파가 지금처럼 강경하고 무자비하게 나올 줄은 상상도 하지 못했던 것이다. 그리고 조금도 인정사정없는 살수를 볼 때, 여승들은 이미 사람을 죽여본 경험이 있다는 것을 느낄 수 있었다.

철진이 합장을 한 채 자신의 뒤에 있는 여승들을 잠시 돌아본 후 말했다.

"혹여 하는 기대는 안 하시는 것이 좋을 것입니다. 내 뒤에 있는 빈니의 사제들은 모두 나와 같은 배분의 아미파 제자들로, 모두 나와 비슷한 무공을 지니고 있습니다."

그 말을 들은 백골노조는 물론이고 관표조차 놀란다.

중년의 나이처럼 보이는 여승들의 나이가 모두 철진과 배분이 같다면 그녀들의 나이는 최소 육십 이상이라는 말이었다.

철진이야 이미 무림의 명숙이라는 칠대장로 중 한 명이라서 그렇다손 쳐도, 동급의 여제자들 무공마저도 상상 이상으로 강하다는 것은 처음 안 사실이었다.

그리고 그녀들은 모두 어느 정도 살인을 해본 듯 사람을 죽이는 데 망설임이 없었다.

여승과 살인이라니.

백골노조가 비록 은거한 듯이 숨어 살고 있었지만, 세상 돌아가는 것까지 무시하고 살지는 않았다.

제자들을 통해 세상에 번진 소문은 작은 거라도 소홀히 하지 않고 들어 알고 있는 백골노조였다.

그런데도 창을 쓰는 아미파의 여승들이 누군가를 해했다는 소리를 들은 적이 없었다. 아니, 아마파에 창을 쓰는 여승들이 있다는 소리도 들은 적이 없었다.

그런데 갑자기 나타난 아미의 여승들은 살인에 능숙했다.

문득 백골노조는 아미와 함께 전해 내려오는 하나의 전설을 생각하고 얼굴이 창백해졌다.

第二章
아미와 대적하면 모두 사파다

　창을 든 여승들을 보면서도 그것을 왜 이제야 생각해 내었는가?

　백골노조는 자신의 우둔함을 한탄하였다.

　사천성 아미산에 위치한 아미파는 여승들의 문파이자 구파일방의 하나로, 강호에서 그 위치는 열 손가락 안에 들어갈 정도로 막강했다.

　비록 지금은 소림과 불괴 대비단천 연옥심의 연화사에 밀려났지만, 그 이전만 해도 소림과 쌍벽을 이루는 불문의 성지였다.

　아미파의 유명한 절기로는 칠십이로난피풍검법(七十二路亂披風劍法)과 대정신공(大靜神功), 그리고 연화신공(蓮花神功), 난화불수(蘭花佛手) 등이 강호에 널리 알려져 있었다.

　한데 이 아미파가 한때 소림과 구파일방을 누르고 강호제일문파로 불리던 때가 있었다.

이백 년 전의 일이었다.

그때까지만 해도 아미파의 절기는 창법이었다.

그들의 창법은 무림일절로 강호삼대창 중 하나로 유명했다. 그리고 이백 년 전, 아미파에 한 명의 여제자가 입문을 하게 된다.

도설(道雪)이라는 이름의 여아는 부모를 사파의 흉인들에게 모두 잃고 얼굴마저 큰 화상을 입은 채로 아미파의 당시 장문인이었던 평화 신니(平和神尼)에게 구사일생으로 구함을 받은 것이다.

평화 신니는 도설의 신체적 조건이 뛰어난 것을 느끼고 그녀를 아미의 제자로 받아들였다.

아미에 입문한 그녀의 재질은 예상보다 더욱 뛰어나 평화 신니는 크게 기뻐하였다.

추후 그녀는 벽옥(碧玉)이란 이름으로 평화 신니의 제자가 되었다.

화상으로 흉악해진 얼굴과는 반대의 아호였다.

그녀는 그때부터 정식으로 아미의 절기를 전수받기 시작했는데, 무에 대한 재질은 아무도 그녀를 따를 제자가 없었다.

특히 창법에 관해서는 타의 추종을 불허할 정도였다.

그녀는 평화 신니가 죽은 후 아미산 깊숙이에 은거하며 오로지 무공에만 전념하였다.

그리고 삼십 년.

그녀는 아미파에 전해 내려오는 일곱 가지 창법을 집대성해서 하나의 창법을 완성하였다.

그것이 바로 아미의 전설이라는 탕마섬전창(蕩魔閃電槍)의 탄생이었다.

섬전창이 만들어지고 그녀는 그동안 숨겨왔던 복수를 위해 세상에 나섰고, 그녀의 창은 강호를 뒤흔들어 놓았다.

그녀의 무명은 오 년이 지나기 전에 강호제일로 인정을 받았고, 아미파는 최고의 전성기를 구가하게 되었다. 그러나 그 전성기는 결코 오래가지 못했다.

우선 마를 소탕하는 집법의 창이라는 섬전창은 벽옥 신니의 복수심이 결합되면서 살기가 너무 짙은 무공으로 발전하였다.

너무 살기가 강해 정파의 무공이라고 인정하기 어려운 점이 많았고, 벽옥의 무공을 시샘한 타 문파에서는 그녀의 절기를 인정하지 않으려 하였다.

더군다나 벽옥 신니의 흉측한 얼굴과 함께 어울리자 그 악명은 더욱 자자해졌다.

벽옥 신니는 나찰신니로 불리게 되었고, 탕마섬전창은 악마의 창이라 불리게 되었다. 그리고 구파일방에서는 그녀의 창법을 사도의 창법이라 손가락질하였고, 이에 화가 난 벽옥 신니는 구파일방의 고수들에게 정식으로 도전하였다.

벽옥 신니는 무당산 근처에서 구파일방과 오대세가의 고수 삼십여 명과 겨루었고, 그들은 모두 벽옥 신니에게 패하고 말았다.

더군다나 벽옥 신니에게 진 무림의 명숙들은 모두 중상을 입는 대사건이 벌어지고 말았다.

이것이 바로 아미의 전설이다. 그러나 이 사건으로 인해 구파일방의 최고 고수들이 준동을 하였고, 어느 날 갑자기 벽옥 신니가 세상에서 사라졌다.

그와 함께 아미의 창도 사라졌고, 아미의 영광도 사라졌다.

그저 세상에 하나의 전설만 남아서 회자되었을 뿐이다.

왜? 어떻게 사라졌는지 아는 사람은 아무도 없었다.

지금까지도 그 이유를 아는 사람은 세상에 아무도 없었다.

몇 가지 예측만이 세상에 떠돌았을 뿐이다.

당사자인 아미를 비롯한 구파일방과 오대세가는 침묵하였고, 남은 것은 전설뿐이었다.

그런데 이백 년이 지난 지금 갑자기 아미의 전설이 떠오른 것은 우연일까? 백골노조는 설마 하는 심정으로 다시 한 번 철진과 그녀의 일행들을 살펴보았다.

아미파를 나타내는 승복과 그 승복에 표시된 연화 무늬, 그리고 손에 하나씩 들고 있는 단창.

'만약 정말 아미의 전설이 복원되었다면 우리는 살아남기 힘들겠구나.'

백골노조의 안색이 어두워졌다.

상대방이 당당하게 나타났다면 그만큼 자신이 있다는 뜻일 것이다. 그리고 무엇보다도 여승들은 살인에 주저함이 없었고, 이미 여러 번의 살인 경험을 지니고 있는 것이 확실해 보였다.

백골노조는 침착하게 물었다.

"보아하니 이런 일이 처음은 아닌 듯싶은데?"

철진은 대답하지 않았다. 그러나 침묵은 긍정이나 마찬가지였다.

"그러데도 그대들에 대한 소문이 전무한 것을 보니 살인을 해도 흔적은 남기지 않았을 것이고, 한 번 죽이려고 마음먹은 자들은 살려놓은 자가 없었겠군."

"아미타불. 그들은 모두 죽어 마땅한 자들이었소."

철진의 태연한 긍정에 백골노조는 어이없는 표정으로 물었다.

"그 판단은 물론 당신이 했겠지?"

"아미타불. 나름대로 철저하게 조사를 하고 난 다음 행동했으니 빈니의 실수는 없었을 것이오."

아미가 아니라 빈니라고 말했다. 만약에 어떤 일이 벌어진다면 자신 혼자 책임지겠다는 말이었다. 그리고 또한 자신이 한 일에 대해서 그만큼 우려를 하고 있다는 말이기도 했다.

하지만 당당하다.

백골노조는 철진의 대답을 듣고 갑자기 크게 웃으며 말했다. 그의 말은 갑자기 거칠어졌다.

"으하하! 정말 대단하구나, 이 늙은 중년아! 참으로 모질구나. 내 아무리 생각해도 죽을 죄를 지은 기억이 없거늘, 네가 무슨 자격으로 나를 벌한단 말이냐? 더군다나 병약한 내 손녀딸은 무슨 죄가 있단 말이냐?"

백골노조의 거친 말에도 철진의 안색은 변함이 없었다.

그녀는 태연한 표정으로 말했다.

"시주가 지금까지 연구하고 만들었던 모든 강시들을 아미파에 넘기시오. 그런다면 목숨만은 살려주겠소."

철진의 말을 들은 관표는 아미파의 목적이 자신과 비슷하다는 사실을 깨우치고 조금 충격을 받았다.

'대체 아미파에서 강시들이 왜 필요하단 말인가? 더군다나 정파인

아미파의 행동은 정말 편협하구나.'

관표는 다시 한 번 대문파라고 자처하는 구대문파에 대해서 실망하였다. 그리고 그는 아미파가 무엇 때문에 강시를 차지하려 하는지 생각해 보았다.

한편, 백골노조는 철진의 말을 듣고 더욱 황당한 기분이었다.

물론 관표와는 달리 그는 아미파가 강시를 차지하려 한다는 생각은 하지 못했다.

단지 그 강시들을 전부 파괴하려 하는가 보다라고 생각할 뿐이었다. 그러나 강시를 넘기면 목숨만은 살려준다는 말을 듣자 가슴속이 뒤집어지는 분노를 느꼈다.

강시는 그에게 생명이나 마찬가지였다.

"중년의 마음이 악독하구나! 강시가 완성되었다면, 지금쯤 네년들은 모두 갈가리 찢겨져 죽었을 것이다. 그러니 넘길 강시도 없다."

강시가 아직 미완성이란 말을 들은 철진 신니의 얼굴에 실망의 빛이 언뜻 스치고 지나갔다.

"그렇다면 시주와 시주의 제자들, 그리고 시주의 손녀는 오늘 모두 죽어야 할 것입니다."

나직하지만 단호한 말이었다.

백골노조는 기가 막혔다.

대체 이 상황에서 강시가 완성되지 못한 것이 죽어야 할 이유가 된다는 사실을 이해하지 못했다. 이때 백골노조의 옆에 있던 허약한 소녀가 철진을 보면서 물었다.

"그 말은 강시들이 완성되었다면 우리가 살 수도 있다는 말로 들리는군요. 그런가요?"

소녀의 말에 철진은 아무 말도 없이 소녀를 바라보았다.

그 표정은 긍정의 뜻이 어려 있었다.

그제야 백골노조는 아미파가 자신의 강시들을 필요로 하고 있다는 사실을 알았다. 그리고 그들은 자신의 강시들을 강탈하기 위해 왔고, 아직 강시들이 완성되지 않았다는 사실을 알자, 살고 싶으면 강시들을 완성해 내놓으라 윽박지르고 있다는 사실도 깨우쳤다.

또한 그 이유가 자신과 손녀가 아직까지도 살아 있는 이유가 될 수도 있다는 것을 알았다.

백골노조는 기가 막혔다.

명색이 구파일방 중 한 곳인 아미파의 여승들이 강시를 강탈하러 왔다니, 눈앞에 보고도 쉽게 믿어지지 않았다.

대체 여승들이 강시가 왜 필요하단 말인가?

또 강탈하러 온 주제에 강시를 만들었다는 이유를 대고 자신의 제자를 십여 명이나 죽였다고 생각하자 백골노조는 너무 화가 나서 가슴이 폭발하기 직전이었다.

보아하니 강시가 완성되었다면 모두 죽이고 강시만 강탈해 갈 상황이었다.

그걸 생각하니 가슴이 더욱 서늘해지고 화가 난다.

힘없는 것이 서럽다.

오래전 힘이 없어서 자신의 눈앞에서 죽어간 아들 내외를 구하지 못한 한이 다시 떠오른다.

"무엇 때문이냐? 무엇 때문에 내 강시가 필요한 것이냐?"

백골노조가 격한 음성으로 묻자 철진이 서늘한 눈으로 그를 보면서 말했다.

"시주는 어떤 말도 할 자격이 없습니다. 강시를 완성하고, 강시를 사용하는 법을 우리에게 가르쳐 주면 살 수 있습니다. 그것이 아니라면, 여기 있는 사람들은 누구도 살아서 이 산을 내려갈 수 없습니다."

노골적인 협박이었다.

그녀의 말에는 타협의 여지가 전혀 없었다.

"허허……."

백골노조가 허탈한 웃음을 흘렸다.

너무 분하고 억울했다. 그러나 이미 철진을 비롯한 아미의 여승들이 얼마나 무섭고 강한지 경험하고 난 다음이었다.

무엇보다도 그녀들이 들고 있는 창이 백골노조를 강하게 압박해 왔다. 이때 백골노조의 제자 중 한 명이 이를 참지 못하고 고함을 지르며 철진에게 달려들었다.

"이 악독한 년! 그러고도 네년들이 정파라고 말할 수 있느냐?"

고함이 끝났을 때 삼십대의 백골문 제자는 철진 신니의 면전까지 달려가 있었다.

그는 두 손을 대각선으로 교차하면서 백골조(白骨爪)를 펼치려 하였다. 그러나 백골문의 제자는 초식을 제대로 시전도 못한 채 멈추어야 했다.

어느새 철진의 창이 그의 목에 닿아 있었던 것이다.

이 모습을 본 백골문의 제자들과 백골노조의 얼굴이 창백해졌다.

지금 철진에게 달려든 사람은 백골노조의 수제자였다.

백골노조를 빼고 가장 강하다고 할 수 있는 백골서생, 조난풍(趙暖風)이 초식도 펼쳐 보지 못하고 제압당한 것이다.

백골노조는 힘이 빠지는 것을 느꼈다.

그런데 철진의 창에 제압당한 백골서생은 처음엔 어이없는 표정이었다가 자포자기한 심정이 되더니 그녀를 노려보면서 고함을 질렀다.

"대머리 계집아! 빨리 나를 죽여라! 지금 나를 죽이지 못하면 두고두고 후회하게 될 것이다!"

조난풍의 고함에 철진의 눈에 살기가 어렸다.

그것을 본 백골노조는 다급했다.

자칫했다가는 자신의 수제자가 죽을 처지인 것이다.

평소 아들처럼 애지중지해 온 제자였다.

"멈춰라! 하자는 대로 할 테니 그만 해라! 만약 난풍이 죽는다면 나는 절대로 협조하지 않겠다!"

백골노조의 고함을 들은 철진의 살기가 풀어지는 듯했다. 그러나 자신 때문에 스승이 항복을 선언하자 조난풍은 죄스러움과 억울함을 견디기 어려웠다.

"사부님, 결코 항복하지 마십시오! 이 잔인하고 비겁한 중년들은 차후라도 우리를 살려두지 않을 것입니다."

조난풍의 말에 철진과 여승들의 얼굴이 붉어졌다.

철진의 얼굴에 다시 살기가 떠오를 때였다.

"보기 좋지 않군. 여승들이 염불은 안 하고 살인만 배웠나?"

나직하지만 누구의 귀에나 또렷하게 들리는 목소리였다.

모두 놀란 시선으로 소리가 난 쪽을 돌아보았다.

한 명의 청년이 입구 쪽에서 느긋하게 걸어 들어오고 있었다.

철진은 관표를 보면서 속으로 은근히 놀란다.

'이렇게 가까이 오도록 기척도 모르고 있었다니. 대체 누굴까? 젊은 청년이 대단한 기도다.'

나름대로 자신의 무공에 자신을 가지고 있던 철진은 조금 자존심이 상하는 기분이었다.

"시주는 누구신가?"

관표가 철진을 보았다.

"내 이름을 덕망 높은 아미의 여승에게 말하고 싶진 않소. 하지만 나의 목적은 당신들과 같지."

관표의 말에 철진의 안색이 굳어졌다.

"시주는 겁이 없군."

"겁이 없는 것은 당신이지. 어쩌자고 사람을 함부로 죽였소. 나중에 소문이 나면 아미파의 이름은 땅에 떨어질 터인데. 더군다나 여승이 도적질이라니."

"나는 악인을 처치했을 뿐. 그리고 악인을 죽인 것은 나의 독단이지, 아마와는 관계가 없습니다. 그리고 보아하니 시주는 좋은 사람 같지는 않군요."

관표가 철진을 보았다.

예의 바른 말속에 숨은 뜻이 가볍지 않았다.

아주 간단하게 좋지 않은 사람으로 추락한 관표였다.

"거슬리면 전부 악인이라고 정해놓고 죽이려 하는군."

"아미타불, 저자를 잡아라!"

철진은 더 이상 관표의 말을 들으려 하지 않았다. 적이라고 판단이 서자 먼저 사로잡고 보려 한다. 그녀가 명령을 내리자 십여 명의 여승 중 두 명의 여승이 몸을 날려 관표에게 달려들었다.

두 여승이 들고 있던 단창이 푸른 섬광을 뿌리며 관표의 몸을 관통하려 하였다. 순간 관표가 금자결로 두 손을 단단하게 만든 다음, 맹룡십팔투의 세현구절수(細絇九折手)를 펼치면서 찔러오는 두 개의 창날을 잡아채었다.

철진과 여승들은 관표가 두 개의 창을, 그것도 창날을 맨손으로 잡으려 하자 그의 광오함과 어리석음을 비웃었다.

그녀들이 알고 있는 아미창법은 맨손으로 잡을 수 있는 단순한 창법이 아니었다.

속도와 힘이 겸비하고, 날카로움 속에 무거움과 부드러움을 감춘 개세의 절학이 바로 지금 두 여승이 펼치고 있는 연화단창(連和短槍)이었다.

연화단창은 벽옥 신니의 탕마섬전창을 제외한 아미파의 칠대창법 중 가장 매섭고 뛰어난 창법이었다.

창을 찌르고 거둘 때 운용되는 심법의 묘리로 인해 누군가가 창을 손으로 잡으려 한다면, 능히 만 근의 거력을 감당해야 할 것이고 반탄력에 의해서 내상을 입을 것이다.

더군다나 창날이라면 아무리 고수라도 손으로 잡기 불가능한 일이었다.

그러나 그것은 어디까지나 그녀들의 생각이었다.

턱, 하는 소리와 함께 두 개의 창날은 간단하게 관표의 손안에 잡했다.

그 모습이 너무 자연스러워 두 명의 여승이 두 개의 창을 관표에게 전해주는 것과 같았다.

두 여승이 황당하다는 표정으로 관표를 바라보았다.

관표는 무표정한 얼굴로 두 명의 여승을 보고 있었지만 속으로는 굉장히 놀라고 있었다.

창을 잡은 두 손이 충격으로 인해 부서져 나가는 듯한 고통을 느낀 것이다.

하마터면 창을 놓칠 뻔하였다.

더군다나 창에서 뿜어진 반탄진기가 관표의 내부를 상하게 하려 하였다.

건곤태극신공과 대력철마신공의 묘용이 아니었으면 내상까지 입을 뻔한 상황이었다.

조금 쉽게 생각했다가 낭패를 당할 뻔한 순간이었다.

'예상보다 훨씬 지독하구나!'

속으로 놀랐지만 관표는 침착하게 두 여승의 창을 당기면서 탄자결을 운용하려 하였다. 그러나 그 순간 관표는 두 여승의 창을 놓으면서 뒤로 물러서야 했다.

철진이 조난풍을 내던지고 무서운 속도로 다가서며 들고 있던 창으로 관표의 얼굴을 공격하였는데, 그 창에 실린 위력은 아무리 관표라 해도 무시할 수 없을 정도였다.

관표는 철진의 창법이 바로 아미의 전설이란 것을 한눈에 알아볼 수 있었다.

단순한 창법이라면 이렇게 날카롭고 빠를 순 없을 것이다.

이백 년의 시공을 초월해 벽옥 신니의 탕마섬전창이 다시 한 번 그 위력을 자랑하는 순간이었다.

두 여승의 창을 놓은 관표는 무서운 속도로 회전하면서 오른손을 휘둘러 철진의 창을 쳐나갔다.

'이번에도 맨손이라니!'

철진은 관표의 행동에 모욕감을 느꼈다.

탕마섬전창은 연화단창과 비교할 수 없이 강한 무공이었다. 그렇지 않다면 아미의 전설이란 말이 생겨날 수 없었을 것이고, 맨손으로 쳐낼 수 있다면 한때 무적이란 말을 들을 수 있었겠는가? 어림도 없는 일이 었다.

손이 아니라 손목이라도 마찬가지였다.

하지만 지금 관표가 펼친 무공은 맹룡십팔투의 무공에 대력철마신공의 금자결이 십성으로 운용되어 있었다.

더군다나 그냥 맨손으로 잡는 것과는 달리 비껴서 쳐내는 것이었고, 조금 전처럼 가볍게 금자결을 운용한 것이 아니었다.

탕마섬전창이 비록 강호무림에서 최고의 창법 중 하나라고 하지만, 대력철마신공은 천하제일마공이라고 불리는 무공이었다.

조금도 뒤질 게 없었다.

탕, 하는 소리와 함께 철진의 창이 옆으로 비켜 나갔다.

그리고 창이 비켜 나간 그 틈 안으로 관표의 몸이 맹렬하게 치고 나 갔다. 바로 칠기맹룡격이었다.

순간 철진의 신형이 흐릿하게 변하면서 관표의 공격권에서 자연스럽게 벗어나고 있었다.

"소이연화보법(小異連和步法)!"

관표가 감탄한 표정으로 중얼거렸다.

소이연화보법은 벽옥 신니가 탕마섬전창과 함께 자랑하던 삼대절기 중 하나였다.

관표가 그것을 알아본 것은 아주 간단한 이유 때문이었다.

지금 철진이 펼친 보법의 변화 자체가 그가 반고충에게 들은 소이연화보법과 비슷하였고, 자신의 공격을 그렇게 간단하게 피할 수 있는 아미의 보법이라면 벽옥 신니의 보법밖에 없다고 생각한 것이다.

현재 아미의 다른 보법으로는 불가능한 일이었다.

철진은 나타난 무명의 청년이 자신의 무공을 간단하게 쳐냈을 뿐만 아니라, 단 한 번에 자신의 무공을 알아보자 놀란 시선으로 관표를 바라보며 물었다.

"넌 누구냐?"

관표는 대답 대신 철진과 여승들을 보면서 중얼거리 듯이 말했다.

"과연 아미의 전설이 부활되었구나. 그렇다면 강시가 왜 필요한지도 알 것 같군."

철진은 관표의 말에 표정이 차가워졌다.

그녀는 설마 하는 표정으로 물었다.

"그게 무슨 말이냐?"

관표는 반고충이 말해 준 것을 나름대로 정리하면서 말했다.

"모르는 척하지 마시오. 원래 탕마섬전창은 살기가 강한 무공이고, 특히 그 무공을 절정에 달하도록 익히려면 수많은 사람들과 실전을 통해야 하는 것으로 알고 있소. 또한 사람을 죽임으로써 살기를 몸으로 채득해야 하는 것으로 알고 있소. 과거 벽옥 신니의 탕마섬전창은 강했지만 살기가 너무 짙어 강호의 지탄을 받은 적이 있었던 것으로 알고 있소. 당신들은 그것이 질투라고 무시했지만 말이오. 강시가 필요한 것은 탕마섬전창을 익히는 아미의 제자들에게 그 살기를 충족시켜 주고, 실전 경험을 쌓게 하는 데 필요한 것이겠지. 그렇지 않소?"

군이 대답할 필요가 없었다.

철진과 여승들의 표정만 보아도 관표가 정확하게 짚었다는 사실을 알 수 있었다.

관표가 무거운 표정으로 철진을 보면서 말을 이었다.

"지금까지와는 다르게 더욱 강한 자들을 상대해야 하고, 그러자니 아미의 추악한 부분이 들킬 것 같고, 결국 만만한 것으로 강시를 생각했겠지. 그렇지 않소?"

관표의 말에 철진은 가볍게 한숨을 내쉬며 말했다.

"아미타불. 시주의 말이 맞네. 그리고 이렇게 된 이상 시주는 반드시 여기서 죽어야 할 것이네."

철진의 말에 관표는 코웃음을 쳤고, 백골노조는 이를 갈면서 철진을 노려보았다.

"이 개 같은 년들! 그러고도 구대문파 중 하나라고 할 수 있느냐? 너희가 정말 정파냐?"

백골노조의 말에 철진이 염불을 외우며 말했다.

"아미타불. 이유는 있지만 백골노조 당신이 악인이란 사실엔 변함이 없으니, 우리가 크게 잘못했다는 생각은 들지 않소. 어차피 만들어진 강시를 조금 이용할 뿐이니, 그 또한 합리적인 생각일 뿐이외다. 그리고 정파이기 때문에 사람을 죽이지 않고 강시를 이용하려는 것이오."

철진의 말에 백골노조는 기가 차서 더 이상 말을 하지 못하고 말았다.

백골노조가 몸을 덜덜 떨며 철진을 노려보았지만, 철진은 그를 완전히 무시하고 관표를 보며 말했다.

"이곳에 나타나 아미와 적대시하는 것을 보아하니 정파의 협객은 아닐 것. 상대는 사파의 잔당이 분명하다. 십방탕마진(十方蕩魔陣)을 발동하라!"

철진의 명령이 떨어지자 아홉 명의 여승이 철진을 중심으로 하여 관표를 포위하였다.

졸지에 사파의 잔당이 된 관표는 그만 실소하고 말았다. 아미와 대적한다는 이유로 간단하게 사파의 잔당으로 몰린 것이다. 참 편리한 방식이었다.

이제 사파의 잔당으로 낙인을 찍었으니 죽이면 된다.

관표는 대꾸하지 않았다. 말해 보았자 먹히지도 않을 것이고, 공연히 헛힘만 쓰게 될 것 같았다.

십방탕마진은 철진 신니까지 합해서 모두 열 명이었고, 나머지 두 명의 여승은 여전히 백골노조와 그의 제자들을 지켜본다.

관표는 감히 소홀히 하지 못하고 건곤태극신공을 끌어올렸다.

여승들은 단창으로 일제히 관표를 겨누었다.

순간 예리한 살기가 열 개의 창을 통해서 관표에게 모아졌다.

‘이건 상상했던 이상이다.’

관표의 얼굴에 긴장이 어렸다.

“쳐라!”

철진의 고함과 함께 십여 개의 창이 일정한 위치를 점하였고, 그 중에 네 개의 창이 관표의 머리와 심장, 단전과 척추를 향해 찔러왔다.

‘이건 모두 탕마섬전창법이다. 더군다나 그 화후가 모두 칠성 이상이라니.’

제아무리 관표라고 해도 가슴이 서늘해지지 않을 수 없었다.

무적을 자랑하던 창법을 익힌 열 명의 여승이 펼치는 진법이었다. 이는 상식적으로 생각해 보아도 그 위력을 짐작할 수 있는 일이었다.

그리고 탕마섬전창을 이 많은 여승들에게 익히게 만든 아미파의 결심이 얼마나 대단한 것인지도 능히 짐작할 수 있는 일이었다.

관표의 신형이 빠르게 움직였다.

그의 발은 맹룡칠기신법으로 창과 창 사이를 비집고 들어갔으며, 그의 오른 주먹은 맹룡단혼권으로 전면의 두 여승을 향해 공격해 갔다. 또한 왼손은 대력철마신공의 금자결을 운용하여 또 다른 한 개의 창을 쳐나갔다.

비록 무기는 들지 않았지만 관표의 전신은 말 그대로 무기였다. 세상의 어떤 무기보다 빠르고 강했다.

관표의 맹룡단혼권이 두 여승을 한꺼번에 공격해 갔고, 그의 주먹은 단번에 그녀들을 공격 범위 안에 가두었다. 그러나 바로 그 순간 두 여승의 신형이 흐릿해지면서 관표의 공격은 그녀들을 비켜 나갔다.

'소이연화보법.'

관표는 그녀들이 모두 소이연화보법으로 자신의 공격을 피했다는 것을 알고 가슴이 섬뜩해졌다.

예상은 했지만 그래도 그녀들 모두가 섬전창과 소이연화보법으로 무장했다는 것을 확인하고 나니 그 느낌은 또 다른 것이었다.

보고 있던 백골노조와 그의 수제자인 조난풍을 비롯한 백골문 제자들의 안색도 파리해진다.

그들은 모두 관표를 응원하고 있었지만, 지금 상황으로 보아 관표가 아미의 여승들을 이기기란 불가능할 것이란 생각이 들었다.

한편 자신의 공격이 무위로 돌아간 순간, 관표는 희미하지만 다시 한 번 자신의 사혈로 파고드는 세 개의 살기를 느꼈다.

관표의 자세가 바뀌었다.

맹룡칠기격의 공격을 풀면서 양손에 금자결을 운용하였고, 그 상태로 오호룡의 사혼참룡수를 연이어 펼쳐 내었다.

두 발은 더욱 빠르게 보법을 밟아갔다.

손과 창이 여기저기서 충돌하면서 '따다당' 하는 쇳소리를 내었다.

아미의 여승들은 창이 손과 충돌하면서 탄자결에 위해 튕겨 나가는 것을 느꼈다.

창을 들고 있는 손이 찌릿찌릿해지는 것을 느끼고 새삼 놀라서 관표를 본다. 관표 또한 양손에 전해오는 충격을 느끼고 탕마섬전창의 위력을 다시 한 번 실감하였다.

더군다나 여승들의 창은 일 대 일의 상황일 때보다도 진법으로 인해 평소보다 몇 배의 위력을 지니고 있었다.

관표는 자신이 나름대로 무공을 완성한 후 최대의 위기를 맞이했다는 것을 인정해야 했다.

第三章
세 개의 무기를 든 남자들

　관표는 자신이 지닌 모든 무공을 하나씩 점검하며 침착하게 여승들의 진법을 살펴보았다.

　단순해 보이지만 틈이 없었다.

　한 번의 충돌 후 탕마진은 잠시 멈추어 있었다.

　단 한 번의 충돌이었지만, 그 한 번으로 인해 동굴 안의 모든 인물들은 경악의 시선으로 관표를 본다.

　설마 십방탕마진을 혼자서 맨손으로 막아내는 인물이 있을 줄이야…….

　새삼 그의 정체가 궁금했다.

　아무리 생각해도 그들은 관표의 나이에 이 정도로 강한 무인이 있다는 소리를 들은 기억이 없었다.

철진은 놀란 시선으로 관표를 보면서 말했다.

"아미타불. 탕마진을 맨손으로 막아내다니, 보고도 믿어지지 않는 일이다. 시주의 무공은 이미 절대의 경지에 이르렀구려. 하지만 십방탕마진은 무적. 결코 그 안에서 살아 나올 수는 없으리다. 그리고……."

말을 멈춘 철진 신니가 백골노조 일행을 돌아보며 길게 휘파람을 불었다. 그리고 난 후 말한다.

"너희들은 함부로 움직이지 말아라! 곧 아미의 이대 탕마대가 도착할 것이다."

철진은 일을 확실하게 마무리하기로 결심한 듯하였다.

지금 동굴 안에 있는 열두 명은 예비 인력 두 명을 포함한 제일대 탕마진으로, 모두 나이가 칠십을 넘긴 여승들이었다.

모두 중년의 여승으로 보인 것은 그녀들의 무공이 그만큼 강하기 때문이었다.

그리고 이대 탕마진은 모두 삼십 세 이하의 여승들로 구성되어 있었는데, 그녀들은 이후의 아미를 책임질 동량들이었다.

이제 철진은 두 개의 탕마진을 결성하여 관표를 상대할 생각을 한 것이다. 철진은 일단 결심을 굳히고 이대 탕마진을 부른 다음 관표를 보면서 물었다.

"시주는 누구시오?"

관표는 철진의 행동을 보면서 상황이 더욱 좋지 않다는 것을 눈치채고 선공을 결심하였다.

결심을 굳히면 행동은 조금도 지체하지 않는다. 그녀의 물음 따위엔 귀도 기울이지 않은 관표였다.

관표의 신형이 맹렬하게 회전하며 탕마진의 전면에 있는 세 명의 여승을 공격해 갔다.

단 한 번에 승부를 볼 생각으로 그는 삼절황의 잠룡신강보법을 펼쳤고, 그의 손은 오호룡의 절기인 사혼참룡수의 용형신강을 펼쳐 내었다.

사혼참룡수 중에서도 가장 위력이 강한 초식 중 하나인 용형신강은 허공을 격하고 아미의 여승을 공격해 갔다.

단순히 빠르다는 말로 표현할 수 없는 관표의 움직임은 앗, 하는 사이에 그녀들의 코앞까지 다가와 있었고, 용형신강은 당장이라도 여승의 얼굴을 뭉개놓을 것 같았다.

그러나 십방탕마진은 기의 흐름을 읽고 자동으로 발진하는 진법인 듯하였다.

어느 틈에 세 명의 여승이 보법을 펼쳐 산개하였고, 그 자리를 두 개의 창이 메우며 관표의 가슴과 옆구리를 공격해 오고 있었다. 그리고 등 뒤를 향해서도 세 개의 단창이 찔러온다.

이미 열 명의 내공과 힘은 이 다섯 개의 창에 모두 모아져 있을 것이고, 이 창 중 하나가 관표의 피부에 닿는 순간 그 힘은 그 창 하나에 모아질 것이다.

'이야압', 하는 고함과 함께 관표는 전면에 있는 두 개의 창을 용형신강으로 쳐내었다.

동시에 세 개의 창이 관표의 등을 찔렀다.

'탕', 하는 소리가 연이어 들리며 다섯 개의 창이 거의 동시에 관표의 몸과 강기에 충돌하였다.

'크으윽' 하는 소리와 함께 관표의 등을 찔렀던 세 명의 여승이 뒤로 다섯 걸음이나 물러서서 겨우 멈추어 섰고, 용형신강을 감당한 두 여승은 뒤로 두 걸음이나 밀려났다.

그렇다고 관표가 무사한 것은 아니었다.

관표는 절대무적이라고 장담하던 삼절황의 하나를 펼치고도 내부가 진동하는 것을 느꼈다.

자칫했으면 내상까지 입을 뻔한 상황이었다.

'큭' 하는 짧고 작은 신음이 입 밖으로 흘러나왔다.

굳이 따지자면 양패구상이었다.

보법을 펼치면 강기가 전신을 보호해서 어떤 병기나 장공도 침범 못 한다는 잠룡신강보법도 충격을 받았다.

관표는 이마에 식은땀이 흐르는 것을 느꼈다. 그러나 놀람은 관표에게만 있는 것은 아니었다.

철진의 안색이 딱딱하게 굳어졌다.

관표의 무공에 다시 한 번 놀란 듯하였다. 그리고 백골노조와 그의 제자들은 관표가 능히 아미의 여승들을 상대해 내자 놀라면서 살 수 있다는 희망을 가지기 시작하였다.

"십방탕마진의 탕마개천(蕩魔開天)을 펼쳐라!"

철진의 명령이 떨어지자 여승들의 창이 산개하면서 새로운 진형이 만들어졌다. 그 순간이 너무 빨라서 마치 원래부터 그 진법을 형성하고 관표를 포위하고 있었던 듯한 착시 현상이 일어날 정도였다.

관표는 진법의 위력이 지금까지와는 또 다르다는 것을 느끼고 침중해졌다.

동굴 근처에 숨어 있던 장칠고와 반고충은 철진의 휘파람 소리와 함께 나타난 열두 명의 젊고 아름다운 여승을 보고 안색이 일변하였다.

이미 안에서 들리는 소리로 관표가 상당히 어려운 강적을 만났다는 사실을 알고 있었던 것이다.

직감적으로 지금 나타난 여승들을 막아야 한다는 생각이 들었지만, 그녀들의 무공은 장칠고나 반고충이 이길 수 있는 상대가 아니란 것도 짐작할 수 있었다.

아마도 저 열두 명의 여승 중 단 한 명만 나서도 장칠고와 반고충은 죽은 목숨일 것이다.

장칠고는 이를 악물었다.

어떻게 해서든지 막아야만 한다는 생각이 들자 물불을 가리지 않았다.

"이년들, 모두 멈추어라!"

우선 고함부터 질러놓고 본다.

여승들이 멈추었다.

그들 중 젊고 아름다운 한 여승이 앞으로 나오며 궁금한 표정으로 물었다.

"두 분 시주는 누구십니까?"

여승답게 점잖은 물음이었다.

"그건 알 거 없고, 돌아가지 않으면 네년들은 모두 죽을 것이다!"

장칠고의 거친 말에 젊은 여승의 얼굴이 차갑게 굳어졌다. 목소리 역시 차가워진다.

"얼굴도 내밀지 못하는 자가 말만 앞서는군."

여승들은 장칠고의 말을 완전히 무시하고 다가오기 시작했다.

장칠고는 초조한 표정을 짓고 반고충을 보았다. 이때 반고충은 동굴 한쪽에 놓여 있는 몇 자루의 손도끼를 보자, 그것을 양손에 나누어 들며 장칠고에게 말했다.

"저 여자들 여승들 맞겠지? 그리고 당연히 모두 처녀겠지?"

"그거야 그렇겠죠."

장칠고가 의아한 표정으로 반고충을 보자 그의 늙은 얼굴에 음흉한 미소가 걸렸다.

"그렇다면 저년들을 막을 수 있는 방법이 있지."

장칠고의 얼굴에 반가운 표정이 떠오른다.

"내가 시키는 대로만 하게."

반고충이 말을 하면서 히죽 웃는다. 그의 나이는 그냥 먹은 것이 아니었다.

한편 여승들은 대답이 없자 비웃음을 띠고 말했다.

"잡것들이군."

그 말을 들었을까? 장칠고의 고함 소리가 들렸다.

"흐흐. 이년들, 그렇게 보고 싶다면 이제 나간다! 모두 각오해라!"

고함과 함께 두 명의 인물이 동굴 속에서 튀어나왔다.

그들을 본 여승들의 표정이 새파랗게 질리며 굳어졌다.

한 명의 노인과 장년의 흉악하게 생긴 남자는 두 손에 도끼 한 자루씩을 들고 있었는데, 그뿐이 아니었다.

정가운데 사타구니에 또 하나의 무기를 들고 있었던 것이다.

겨우 사태를 알아차린 여승들이 두 눈을 가리며 고개를 돌렸다.

"꺄악!"

"에그머니, 망측해라!"

여승들이 질겁을 하며 물러난 것은 이유가 있었다.

반고충과 장칠고는 몸에 실오라기 하나 걸치지 않고 두 손에 도끼를 한 자루씩 들고 뛰쳐나온 것이다.

그 흉측한 모습을 본 여승들이 놀라서 물러서는 것은 당연했다. 제일대 탕마대와는 다르게 그녀들은 아직 순진했다.

젊다는 것은 그래서 문제가 될 수 있다.

확실하게 반응이 오자 장칠고는 신이 났다.

"야, 이년들아! 한꺼번에 다 덤벼라, 덤벼!"

고함을 지르고 도끼를 휘두르면서 달려나가자 그 뒤를 반고충이 쫓아간다.

그들의 가운데가 아래위로 흔들린다.

"저, 저… 망측해라."

놀란 아미의 여승들이 뒤로 주춤거리며 물러서고 있었다.

그중 몇 명의 여승들은 눈을 감고 창을 휘두르는데, 그 모습이 가관이었다.

눈을 감으려면 확실히 감든지, 실눈을 뜨고 한곳에만 집중하며 싸우는 모습은 참으로 요상하다.

제이대 탕마대의 대주 격인 요인은 할 수 없이 퇴각 명령을 내릴 수밖에 없었다.

이건 싸움이 안 된다.

"모두 퇴각해라!"

요인의 명령이 떨어지자 여승들은 뭔가 아쉬운 표정으로 뒤로 물러섰다. 그녀들은 제일대에 비해서 너무 순진한 모습들이었다.

'탕마개천.'

십방탕마진의 정수 중 하나로 하늘을 연다는 광오한 말만큼이나 그 위력은 끔찍했다.

사방에서 밀려들어 오는 창의 위력은 어느 것 하나 함부로 할 수 없을 만큼 매서웠다.

관표는 대력철마신공을 십성 이상으로 끌어올렸다.

동시에 그의 양손이 사혼참룡수의 마지막 절기인 창룡무한을 펼치고 있었으며, 그의 두 발은 맹룡칠기신법을 펼치며 창 사이를 비집고 들어가려 하였다.

그러나 그 순간 두 개의 창이 십자로 교차하면서 관표의 신법을 방해하였고, 주춤하는 순간 서너 개의 창이 관표의 요혈을 노리고 찔러왔다.

관표는 신법을 잠룡신강보법으로 바꾸면서 몸을 회전하였고, 회전하는 그의 몸을 따라 그의 양손에서 뿜어진 창룡무한의 경기가 회오리처럼 돌기 시작하였다.

잠룡신강보법으로 인해 생긴 강기의 소용돌이와 합쳐진 창룡무한은 찔러오는 창들과 맹렬하게 충돌하였다.

'꽝' 하는 소리와 함께 십방탕마진을 형성하고 있던 여승들이 뒤로 서너 걸음씩 물러섰다. 그리고 그들의 가운데엔 여전히 관표가 서 있었는데, 그의 입가로 가는 피가 흘러나오고 있다.

철진은 손아귀가 찢어지는 듯한 고통을 느끼며 치를 떨었다.

'대체 누구기에 십방탕마진을 혼자서 상대할 수 있단 말인가?'

그녀로서는 상식적으로 납득할 수 없는 일이었다.

십방탕마진 자체만 놓고 보면 소림의 십팔나한진보다 결코 아래라고 말할 수 없는 개세의 진법이었다.

벽옥 신니가 이 진법을 만들 때 그 목표가 바로 십팔나한진이었고, 진법이 완성된 후 그녀 스스로 능히 십팔나한진과 겨루어 지지 않을 것이라고 자신했던 진법이었다.

그런 십방탕마진을 아미파의 장로급 고수 열 명이 힘을 합해 펼치고도 이기지 못했다.

철진의 안색이 파리해졌다.

'역시 세상은 넓구나. 저 젊은이의 무공만 해도 결코 십이대초인보다 아래가 아닐 것 같다.'

철진은 맥이 빠지는 느낌이었다.

아미파는 이백 년 동안 평화 신니의 유해를 찾기 위해 전력을 다 기울였었다.

쇠퇴한 아미의 힘을 기르고 다시 한 번 구대문파의 수좌에 오를 수 있는 방법이 있다면, 바로 평화 신니의 절학밖에 없다고 생각한 것이다. 그리고 마침내 아미파는 평화 신니의 유해를 찾을 수 있었다. 그리고 알게 된 평화 신니의 죽음에 얽힌 음모.

아미는 평화 신니의 복수와 아미의 영광을 위해 그동안 암암리에 모든 노력을 다하였다. 그리고 이제 그 결실을 볼 수 있는 근처까지 다가

올 수 있었다.

철진은 그렇게 생각할 정도로 십방탕마진에 대한 애착이 강했기에 지금 느끼는 허탈감도 배가될 수밖에 없었다.

상실감은 점차 분노로, 그리고 그 분노는 관표에 대한 살기로 모아졌다.

"모두 십방탕마진의 십방멸마(十方滅魔)를 펼쳐라!"

그녀의 고함과 함께 아미 여승들의 동작은 더욱 빨라졌다. 그리고 진 안에서 무서운 살기가 관표를 묶어온다.

십방멸마는 십방탕마진의 마지막 살수였으며, 그 위력이 가장 강한 진법이었다.

관표는 상황이 쉽지 않다는 것을 깨우치자 양손에 대력철마강기를 모두 끌어 모았다.

순수한 선천진기가 그의 손에 모여들면서 강호의 십대마공 중에서도 서열 일위에 올라 있던 대력진기의 힘이 꿈틀거린다.

대력철마신공의 유일한 공격용 무공인 진자결을 펼치려는 것이다. 달리 진천무적강기(震天無敵罡氣)라고도 불리는 이 무공은 대력철마신공의 진정한 정수였다.

타핫, 하는 고함과 함께 그의 양손에서 터져 나간 진천무적강기가 맹렬하게 앞으로 쏘아져 나갔다.

관표의 정면을 공격해 가던 철진은 무엇인가 심상치 않은 느낌을 받자 고함을 질렀다.

"합!"

그녀의 고함과 함께 십방멸마의 진으로 뭉친 여승들의 힘이 철진을 향해 집중되었고, 그녀의 창에 멸마진의 모든 힘이 모아졌다. 그리고 그 창에서 뿜어진 강기가 진천무적강기와 정면으로 충돌하였다.

백골노조와 그의 제자들, 그리고 아직 싸움에 가담하지 않은 두 명의 여승은 눈을 크게 뜨고 바라본다.

'꽝' 하는 소리가 들리며 거대한 기파가 사방으로 분산되어 날아갔다.

십여 장이나 떨어져 있던 두 명의 여승과 백골노조 일행은 그 기파에 밀려 다시 삼 장이나 뒤로 물러서야만 했다. 두 개의 힘이 충돌하면서 순간적으로 여승들과 관표의 동작이 정지되었다.

그리고 아주 잠깐의 시간이 지난 순간 철진의 창이 부러졌고, 십여 명의 여승들이 사방으로 튕겨 날아갔다.

무림 최고의 마공이란 말이 그냥 헛소리로 생겨난 말은 아닌 것이다.

철진은 부러진 창을 의지하고 겨우 일어섰다.

사방으로 날아가 흩어진 아미의 여승들은 그야말로 처참했다. 비록 죽지는 않았지만 모두 움직이기 어려울 정도로 큰 내상을 입고 있었다.

"대, 대단하다. 시주는 누구·인가?"

철진은 다시 한 번 묻고 있었다.

관표는 가슴을 치밀어 오르는 피를 강제로 집어삼켰다.

비록 승기는 잡았지만 아직 끝난 것이 아니었다. 그리고 여승들 중엔 진에 참여하지 않은 두 명의 여승이 남아 있었다.

여기서 약세를 보일 수는 없었다.

피를 집어삼킨 관표가 냉랭하게 대답하였다.

"관표다."

철진의 안색이 변했다.

철진뿐 아니라 숨 가쁘게 지켜보던 백골노조도 놀란 시선으로 관표를 본다.

한 여승이 놀란 목소리로 말했다.

"녹림왕 관표."

관표는 고개를 끄덕여 대답을 대신하였다.

철진은 고개를 흔들며 말했다.

"소문은 과장되게 마련이라고 생각했는데, 이건 듣던 것보다 더욱 지독하구나. 시주, 오늘은 이만 물러서겠지만 우리를 이겼다고 생각하지 말아라! 만약 제이 탕마대가 제시간에만 도착해 주었다면 시주는 살아남지 못했을 것이다. 그리고 진정한 아미의 전설은 우리가 아니다. 그분들이 나타나는 날 아미의 비상은 시작될 것이다."

관표가 고개를 끄덕이며 말했다.

"그 말이 맞을지도 모르지. 그리고 그분들이 누구인지 모르지만, 지금 본 것이 나의 전부라고는 생각하지 말았으면 한다."

관표는 그녀들에게 예의를 따지지 않았다. 그녀들은 예의를 받을 만한 자격이 없다고 생각한 것이다.

철진은 분한 표정으로 관표를 보다가 다시 한 번 자신의 사제들을 돌아보았다.

아직은 성한 두 명의 사제가 있었다.

문득 그 두 명으로 하여금 관표를 상대하게 한다면, 지금 부상을 당한 그를 처치할 수 있을지도 모른다는 생각이 들었다.

그녀는 슬쩍 관표를 바라보았다.

그런데 심한 부상을 당했을 것 같던 관표는 당당한 모습으로 서 있는 것이 아닌가? 잠시 망설이던 그녀는 이를 부드득 갈며 말했다.

"오늘은 모두 돌아간다."

관표는 떠나는 여승들을 보고만 서 있었다.

사실은 지금 서 있는 것조차 힘든 관표였다.

그만큼 십방탕마진은 무서웠다.

다행이라면 그 상태에서 건곤태극신공을 끌어올렸고, 신공은 그의 상처를 빠르게 치유하고 있다는 점이었다.

만약 두 개의 신공이 그의 몸을 보호하고 있지 않았다면, 지금쯤 관표의 몸은 산산이 부서지고 말았을 것이다.

그만큼 십방탕마진의 위력은 놀라웠다.

철진을 비롯한 여승들이 사라지고 나자 관표는 백골노조를 바라보았다.

제이 탕마대를 쫓아내고 초조하게 안의 결과를 기다리던 반고충과 장칠고는 중년의 여승들이 모두 심하게 다친 모습으로 걸어 나오자 사정을 대충 짐작할 수 있었다.

반고충과 장칠고는 숨어서 그들이 지나가기를 기다렸다가 동굴 안을 향해 신법을 펼쳤다.

그들은 어느새 옷을 입고 있었다.

백골노조는 관표를 괴물 보듯이 보고 있었다.

이제 이십대 중반의 나이에 아미의 전설을 깬 인물이었으니 놀라지 않을 수 없었다.

더군다나 마지막에 사용한 무공의 위력은 백골노조가 생각해도 끔찍하기만 하였다.

그 정도의 파괴력을 지닌 무공이 세상에 몇 개나 되겠는가? 곰곰이 생각하던 백골노조는 무엇인가 깨우친 듯 급히 관표에게 다가가 포권지례를 하면서 말했다.

"녹림왕의 도움에 감사드립니다."

관표가 역시 포권을 하고 말했다.

"별말씀을요. 아미의 처사가 너무 지나쳐서 참견했을 뿐입니다."

"그래도 목숨을 구함받은 것은 사실이니, 이 늙은이의 예를 피하지 마십시오."

관표는 가볍게 한숨을 내쉬면서 호흡을 고른 후 다시 한 번 서로 인사를 주고받았다.

백골노조가 관표를 보면서 물었다.

"혹시 마지막에 사용한 무공이 대력철마신공의 진자결이 아니었습니까?"

조심스럽게 묻는 백골노조를 관표가 의아한 표정으로 바라보며 되물었다.

"왜 그렇게 생각하십니까?"

관표는 물으면서도 정확하게 자신의 무공을 알아본 백골노조의 식견에 놀라고 있었다.

"내가 알기로 녹림왕께서 마지막에 사용한 무공 정도의 위력을 가진 무공은 강호상에도 몇 되지 않습니다. 그런데 소협이 손으로 창을 쳐내는 것과 마지막에 보여준 무서운 위력을 보고 혹시 대력철마신공이 아닌가 생각해 보았습니다."

관표는 역시 늙은 생강이 맵다는 강호의 진리를 생각하며 고개를 끄덕였다.

"그 신공이 맞습니다."

백골노조의 얼굴에 놀란 빛이 떠올랐다.

그도 설마 했던 것이다.

'아미의 전설이 되살아나고, 마도의 최고 무공인 대력철마신공마저 나타나다니. 앞으로 무림이 크게 술렁이겠구나.'

백골노조는 무림이 난세로 치닫는 느낌을 받았다.

평생 동안 구경하기는커녕 나타났다는 말조차 듣기 어려운 무공을 한꺼번에 두 개나 보았다.

난세일수록 힘을 가진 자가 살아남고, 처세에 강한 자가 살아남는다. 그래서 약한 자는 살아남기 위해서 그늘이 필요하다.

백골노조는 관표를 바라보았다.

어쩐지 자신의 운명이 이 청년과 이어지고 있다는 느낌을 받은 것이다.

이때 반고충과 장칠고가 안으로 들어왔다.

반고충과 장칠고는 백골노조를 보자 이미 그가 누구인지 알아차리곤 관표의 뒤에 가 섰다.

백골노조의 시선이 반고충과 장칠고를 지나쳐 다시 관표에게 모아졌다.

"이 얼어붙은 산까지 온 것은 이유가 있을 것 같은데, 녹림왕께서는 혹시 이 늙은이를 찾아오셨습니까?"

"맞습니다. 나는 노조를 찾아 여기까지 왔습니다."

백골노조는 묵묵히 관표를 바라보기만 하였다.

쉽사리 그 이유를 묻지 않았다.

관표 역시 묵묵히 백골노조를 바라만 보았다.

두 사람은 기 싸움을 하는 것 같았다.

그 침묵은 관표에 의해서 깨졌다.

"나는 노조님의 강시들을 임대받고 싶습니다."

백골노조와 그의 제자들 눈이 커졌다.

"내 강시를 빌린단 말입니까?"

백골노조가 놀라서 묻자 관표가 고개를 끄덕이며 말을 이었다.

"다시 한 번 말합니다. 강시를 임대받고 싶습니다. 물론 그 대가는 치를 것입니다. 그리고 일부는 사고 싶습니다."

백골노조는 강시를 산다는 말은 들은 적도 없지만, 임대한다는 말은 더욱 황당하기만 하였다.

"사는 것은 그렇다 치고, 대체 임대를 해서 어디에 쓸 작정이십니까? 전투에 쓸 거라면 훼손 시 어떻게 하실 생각입니까?"

"일꾼으로 쓸 것입니다."

백골노조와 그의 제자들 얼굴에 다시 한 번 황당하다는 표정이 떠올랐다.

강시 일꾼은 생각하지도 못해본 일이었다.

관표는 그들의 표정을 읽으면서 말을 이었다.

"어차피 강시를 만든 다음엔 써먹을 곳도 없을 것입니다. 기껏해야 새롭고 좋은 강시를 만들었다는 성취감 정도와 강호에서 집단전을 할 때 필요한 게 강시인데, 백골문이 강호 문파와 싸울 일도 많지 않을 것입니다. 그러니 우리에게 일부를 팔고 일부를 임대한다고 해도 손해 볼 일은 없을 것이라고 생각합니다."

백골노조는 잠시 생각을 해보았다.

생각해 보니 힘들여 만든 강시를 그저 감추어두고 감상만 하는 것보다는 상당히 실용적이었다. 그리고 재정이 거의 바닥이 난 백골문에도 상당한 도움을 줄 것 같았다.

이때 백골노조의 곁에 있던 병약한 소녀가 관표를 보고 물었다.

"녹림왕께 물어볼 것이 있습니다."

모든 시선이 그녀에게 모아졌다.

"물어보십시오."

관표의 진지한 표정에 소녀는 얼굴이 붉어졌다. 그러나 그것도 잠시, 다시 예를 갖추고 묻는다.

"먼저 만약 저희가 응하지 않으면 어쩌실 것인가요?"

관표는 자신에게 묻고 있는 소녀의 눈을 응시하였다.

지혜로워 보이는 시선이었다.

"얼마 전까지라면 나는 강제로라도 훔치려 했었습니다."

그 말을 들은 소녀와 백골노조, 그리고 그의 제자들은 모두 표정이 굳어졌다.

"좋지 않은 생각이군요."

소녀의 말에 관표가 웃으면서 말했다.

"나는 녹림왕입니다. 훔치고 빼앗는 것은 나의 직업입니다."

소녀는 할 말이 없었다. 생각해 보니 그 말이 맞는 것 같았다.

"그런데 지금은 왜 생각이 바뀌었죠?"

그 말에 관표는 간단하게 대답하였다.

"아미파 따위와 같은 행동을 한다는 것이 수치스러워서 그만두기로 했습니다."

그 말을 들은 사람들 모두가 충격을 받은 모습으로 관표를 본다.

상당히 역설적인 말이었기에, 일부 제자들은 한참 동안 그 말의 의미를 생각해야만 했다.

잠시 멍한 표정으로 관표를 보던 소녀가 배꼽을 잡고 웃기 시작했다.

"오호호호호, 정말 멋진 말입니다. 맞아요. 비록 도적이지만, 아미파 같은 고약한 여승들과 같은 행동을 하면 안 되죠. 철진이 이 말을 들었어야 하는데. 호호호!"

한동안 웃던 그녀가 정색을 하고 다시 물었다.

"강시를 사용해서 일꾼으로 사용하는 것도 좋지만, 자칫하면 사파로 오해받고 정도문파에 의해서 공적으로 몰릴 수 있습니다."

그 말에 관표는 웃었다.

"두렵지 않습니다. 그리고 나는 이미 공적으로 몰린 상황입니다. 내 태생이 산적이니 그들과는 처음부터 출발이 다릅니다."

관표의 당당한 말에 백골노조와 소녀는 오히려 어리둥절하였다.

"산적이란 말이 자랑은 아니잖습니까?"

관표는 말을 한 사람을 바라보았다.

철진에게 죽기 직전까지 갔던 조난풍이었다.

관표는 그의 기개가 마음에 들었다.

"나는 산적이지만 이유없이 남을 해치지 않았고, 말도 안 되는 억지를 부리지도 않았소. 선과 악은 그 사람의 태생이나 지금의 위치가 아니라, 그가 하는 행동과 지닌 심성의 문제라 생각하오. 정파라고 해서 다 옳고 선한 것이 아니고, 흑도방파라고 해서 무조건 나쁘다고 말하는 것은 옳지 않다는 생각이오. 그리고 나는 비록 산적으로 사람을 죽였지만, 나에게 죽은 자들은 죽을 짓을 한 자들이오. 그리고 산적이란 것이 자랑스런 것이 아니라 숨겨도 이미 아는 사실이기 때문에 말한 것뿐이오."

조난풍은 관표의 말을 듣고 그의 말이 일견 옳다는 것을 인정하였다.

그가 포권지례를 하면서 말하였다.

"조난풍이 은인께 인사를 드립니다. 상황이 어지러워 인사가 너무 늦었습니다."

관표는 웃으면서 말했다.

"녹림도원의 촌장인 관표라 합니다. 그리고 그 일은 너무 염두에 두지 마시오. 단지 조 형의 운이 좋았다고 생각하면 편할 것입니다."

조난풍은 촌장이란 표현이 조금 이상하다고 생각하면서 말했다.

"어찌 그럴 수 있겠습니까?"

조난풍이 다시 한 번 머리를 조아릴 때 보고 있던 백골노조가 나서며 말했다.

"녹림왕의 생각을 좀 더 자세히 듣고 싶습니다."

관표가 웃으면서 자신의 생각을 설명하기 시작하였다.

이리저리 뭉개지고 다친 제일 탕마대의 여승들이 겨우 백골노조의 얼음 분지를 벗어났을 때, 숨어서 기회를 보던 제이 탕마대의 젊은 여승들이 놀라서 나타났다.

철진이 싸늘한 표정으로 제이 탕마대를 보면서 나무랐다.

"너희들은 무엇을 하느라 불러도 오지 않고 여기서 머뭇거리고 있었던 것이냐?"

철진의 노화에 모든 여승들이 쩔쩔매고 있을 때 제이 탕마대의 대주인 요인이 앞으로 나서며 말했다.

"그게… 저희도 강적을 만나서 어쩔 수가 없었습니다."

"강적?"

"두 명이었습니다."

철진의 안색이 더욱 싸늘해졌다.

"두 명이라고? 겨우 두 명을 이기지 못해서 안으로 들어오지 못했단 말이냐?"

철진의 노화에 요인이 얼굴을 붉히며 말했다.

"모두 세 개의 무기를 들고 있었는데, 그 하나가 너무 망측해서……."

요인이 차마 말을 하지 못하고 얼굴만 붉힌다.

이때 그 뒤에 있던 여승 중 한 명이 작은 목소리로 말했다.

"그 무기가 참으로 실한 것이, 보기 민망해서 눈을 감고 싸워야 했기에 너무 불리했사옵니다."

그 뒤에서 더욱 작은 목소리가 말한다.

가장 젊은 여승이었다.

"노인 것은 힘이 없던데."

다른 여승들이 그 여승을 본다.

참으로 자세히도 보았다는 표정들이었다.

여승의 얼굴이 붉게 물들고 말았다. 그리곤 기어가는 목소리로 변명을 한다.

"아주 자세히는 못 보았어요."

모두 기가 막히다는 표정으로 그녀를 본다.

철진은 대체 무슨 말을 하는지 알아듣지 못하고 있었다.

아직도 처녀인 그녀가 뭘 알겠는가?

그래서 세상은 경험이 중요한 것이다.

第四章

강시마(殭屍馬)는 지치지 않는다

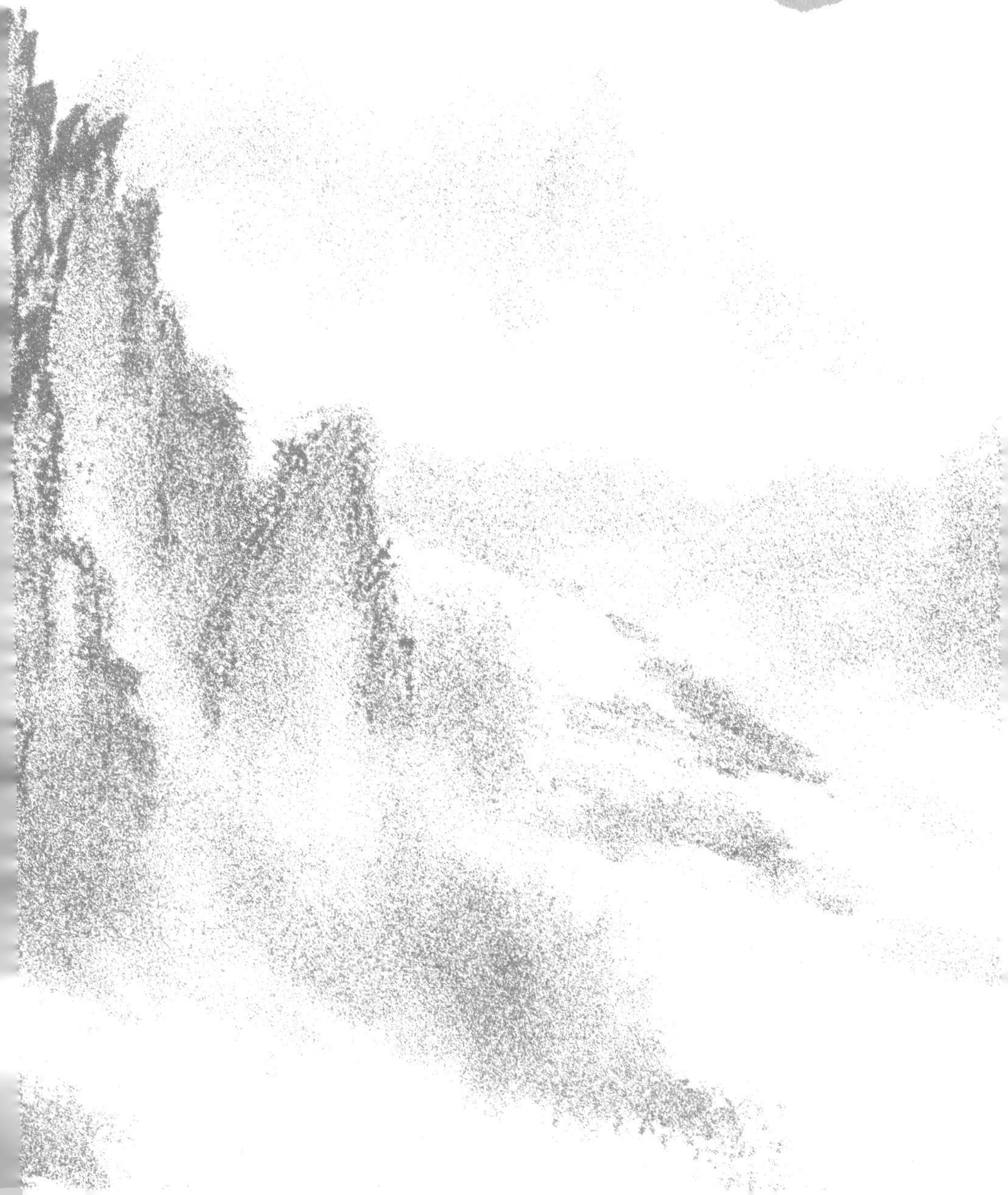

관표의 자세한 설명을 들은 백골노조와 그의 제자들, 그리고 백골노조의 손녀인 이호란의 시선은 모두 관표에게 모아져 있었다.

강시란 것을 만들면서도 뚜렷하게 그것에 대해 생각해 본 적이 없는 백골문의 사람들이었다.

노조에게 있어서 강시는 삶의 지표였다. 그리고 복수를 위해서도 반드시 강한 강시가 필요했다.

강시에 대한 그의 생각은 이것이 전부였다.

강시문의 제자들 역시 그것이 자신들에게 유일하게 힘을 기르는 방편이었기에 강시에 집착하였다.

강시란 그들에게 자존심이나 마찬가지였던 것이다. 그러나 설마 강시가 돈벌이가 되거나 전투 이외의 다른 곳에 사용될 것이란 생각은 전혀 하지 못했었다.

당연히 강시를 사거나 빌릴 생각을 하는 사람도 없었다.

강시 자체가 지닌 어떤 선입관 때문이기도 했고, 관절이 뻣뻣하고 단단하기만 한 강시가 뭘 할 수 있단 말인가? 그저 무시해 버리고 말았었다.

그런 고정관념에 사로잡혀 있던 백골문도들이었기에 관표의 이야기는 더욱 충격적이었다.

관표의 이야기를 듣고 보니 정말 개안을 한 기분이었다.

"정말 가능하겠습니까?"

백골노조가 아직도 반신반의하는 표정으로 물었다.

"강시는 잘만 이용하면 정말 활용 가치가 많은 생산품입니다. 우선 그전에 물어보고 싶은 말이 있습니다."

"뭐든지 물어보시오."

"내가 이전에 강시와 겨루어본 적이 있었는데, 그 강시들은 관절이 뻣뻣하지 않고 움직임이 사람과 같았습니다. 물론 활강시가 아닌 일반 강시가 그랬었습니다. 이는 강시를 만드는 기술 때문이라고 생각하는데, 혹시 노조는 그런 강시를 만들 수 있습니까? 만약 그게 가능하다면 강시의 활용 범위는 훨씬 더 넓어질 것입니다."

관표의 말을 들은 백골노조의 얼굴에 놀라는 표정이 떠올랐다.

"활강시가 아닌 일반 강시의 관절이 자유로웠다면, 그것은 정말 대단한 일입니다. 강호무림에선 아직 그런 강시를 만든 사람이 없었는데?"

관표는 이전에 전륜살가림과 있었던 일을 이야기해 주었다.

관표의 말을 다 듣고 난 백골노조와 그의 제자들은 몹시 놀란 표정들이었다.

특히 혈강시에 대해서 이야기가 나오자 그들은 분노의 표정을 감추지 못했다.

그들은 활강시를 만들기 위해선 얼마나 잔인해야 하는지, 그것을 잘 알고 있었기 때문이다.

"잔인한 놈들. 활강시를 만들다니. 녹림왕의 이야기를 들어보니 그들은 천축의 무리들이 확실합니다. 천축은 우리 백골문과 함께 강시에 대한 연구가 가장 발전한 곳 중 하나입니다. 특히 천축의 하희문은 이전부터 활강시에 대한 연구가 활발하던 곳으로 이름이 높습니다. 내 짐작으론 그 혈강시는 하희문에서 흘러나왔거나 하희문의 후예가 만든 것이 확실하다고 봅니다."

백골노조의 말에 관표는 전륜살가림에 대해서 다시 한 번 생각하게 되었다.

'어쩌면 전륜살가림은 이미 천축과 서장을 완전히 통합했을지도 모른다. 그리고 그들의 힘을 모두 합쳐 놓고 이제 중원을 칠 기회만 노리고 있을지도 모른다.'

그 생각을 하자 이상하게 마음이 초조해진다.

'시간이 없다. 이제 준비를 해야 한다.'

관표가 다시 한 번 생각을 굳히고 있을 때 백골노조의 말은 계속 이어졌다.

"하희문은 중원에서 발원하여 천축으로 넘어간 고루강시문이 원조입니다. 그런데 천축은 중원과는 달리 죽어서 고향에 묻혀야 한다는 생각이 희박한 곳입니다. 또한 풍장이 많아 시체를 구하기가 어렵기도 한 곳입니다. 그래서 활강시에 대한 연구가 활발했던 것이지요."

관표는 백골노조가 하는 말을 알아들었다.

중원에서 강시가 발달한 이유는 타지에서 죽은 시체를 고향으로 운반하기 위해서였던 것이다.

"그럼 노조께서도 관절이 유연하고 인간과 비슷한 강시를 만드실 수 있습니까?"

관표는 백골노조의 설명을 중간에서 슬쩍 막으며 질문을 하였다. 그의 물음에 백골노조는 얼굴에 자부심을 떠올리며 말했다.

"강시에 관해서는 우리 백골문이 최고입니다. 나도 이미 그런 강시를 만들고 있습니다. 단지 강시들을 제대로 만들기 위해서는 아주 차가운 음지가 필요하고, 많은 돈과 인력이 필요합니다. 백골문에는 그것이 없습니다. 음지의 경우 겨우 찾아낸 곳이 이곳인데, 이곳도 많이 부족합니다. 무림에서는 음기가 강하고 사계절 차가운 곳을 찾기가 어렵습니다. 반대로 추운 북해 쪽으로 가면 강시를 제련하는 데 많은 제약이 따릅니다. 그리고 그것에 필요한 물자를 찾아 운반하는 것도 힘이 듭니다. 가장 큰 문제는 역시 제대로 된 음지와 돈입니다. 그래서 아직 제대로 된 강시들을 완성하지 못하고 있을 뿐입니다. 그러나 기술 면에서는 우리가 하희문을 훨씬 앞선다고 자부합니다."

이번엔 관표가 오히려 놀란다.

"그럼 정말 완성된 강시가 한 구도 없다는 것입니까?"

백골노조가 고개를 흔들었다.

"그런 것은 아닙니다. 이전에 완성했던 강시들은 아미의 정진과 그의 제자들에게 모두 파기되었습니다. 물론 그때 정진과 그의 다섯 제자도 함께 죽었지만."

말을 하는 백골노조의 얼굴에 자부심이 어려 있었다.

"그 이후 나는 더욱 뛰어난 강시를 만들기 위해 연구를 계속해 왔고, 이제야 겨우 결실을 보려던 참이었습니다. 단지 아쉬운 것은 극음을 지닌 보물이 있었다면 더욱 빠르고 쉬웠을 텐데, 나에겐 그런 복이 없어 시간이 걸리고 있을 뿐입니다."

"극음의 보물이 왜 필요한 것입니까?"

관표의 물음에 백골노조는 조금 망설였다.

지금 관표가 물은 것은 강시를 제조하는 데 상당히 중요한 비밀 중 하나였던 것이다. 그러나 백골노조의 망설임은 오래가지 않았다.

어차피 그것을 안다고 해서 관표가 강시를 제조할 수 있는 것도 아니고, 다른 사람이 자신을 흉내 낼 수 있다고 생각하지도 않았다.

"강시를 만드는 데 가장 중요한 것은 시체를 오래도록 부패하지 않게 하는 것입니다. 그러기 위해서 여기처럼 아주 추운 곳이 필요합니다. 더군다나 내가 만드는 강시는 음기 그 자체가 다른 강시들처럼 몸이 부패하는 것을 막는 데에만 그치는 것이 아닙니다."

관표가 관심있는 표정으로 백골노조를 주시하였다.

"일종의 내공이라고 할까? 강시들이 백골신공을 터득할 수 있는 여건을 만들어주는 것입니다."

강시가 무공을 터득한다는 말에 반고충과 장칠고, 관표가 모두 놀란다.

반고충이 조금 황당하다는 표정으로 말했다.

"강시가 무공을 익힌단 말입니까? 내가 알기로 활강시가 아니라면 강시가 무공을 익히는 것은 불가능한 것으로 알고 있습니다. 본래부터 지니고 있는 무공을 강시가 되어서도 그냥 사용할 수 있게 만드는 것이라면 몰라도."

반고충의 말은 강호인이라면 누구나 다 아는 정설이었다.

일단 강시는 죽은 시체로 만든다.

죽은 강시가 어떻게 무공을 터득할 수 있겠는가? 그것은 어떤 설명으로도 납득하기 어려운 일이었다.

반고충의 말에 백골노조가 자부심이 가득한 얼굴로 말했다.

"내 강시를 일반 강시와 같이 생각하지 마십시오. 나는 오랫동안 일반 강시를 활강시처럼 사용하는 방법을 연구하였고, 그것을 완성한 것뿐이오. 즉, 산 자를 강시로 만들었을 때 가지는 효능을 죽은 시체를 이용해서 비슷하게 만들어낼 수 있단 말입니다. 또한 강시가 무공을 익히는 것은 강시술과 더불어 최심대법을 활용함으로써 가능해질 수 있었습니다."

백골노조의 당당한 말에 반고충과 관표는 감탄한 표정을 감추지 못했다.

보통 산 사람을 강시로 만드는 활강시는 너무 극악하다고 해서 같은 사도에서조차 금기시하는 대법이었지만, 만들고 나면 활강시는 일반 강시에 비해서 그 활용도와 능력에서 큰 차이로 월등했다.

우선 활강시는 제대로 만들기만 하면 약간의 인성을 지닐 수도 있고, 일반 강시와는 다르게 흉측하지 않았으며, 강시 같은 티도 거의 나지 않았다.

특히 활강시는 무공을 익힐 수 있고, 관절이 유연해서 일반 사람과 크게 다르지 않으면서도 위력에 있어서는 일반 강시와는 비교할 수 없을 만큼 강했다.

하지만 그 활강시를 만드는 방법을 아는 사람도 극히 드물고 그 방법이 잔인할 뿐만 아니라, 만드는 방법도 까다롭고 시간이 오래 걸린다는 단점이 있었다.

그런데 일반 강시를 활강시처럼 사용할 수 있는 방법을 발견하였다면, 그건 정말 대단한 일이라고 할 수 있었다.

두 사람의 표정을 본 백골노조가 조금 멋쩍은 표정으로 말했다.

"물론 활강시와 아주 같은 것은 아니고 몇 가지 면에서 활강시와 비슷하다는 말일 뿐이지만, 그것만으로도 결코 쉬운 일은 아닙니다. 최소한 나의 강시는 전륜살가림이란 곳의 강시보다도 더욱 인간다울 것이라 자신할 수 있습니다."

백골노조의 말에 관표가 물었다.

"어떤 점에서 활강시와 비슷합니까?"

"우선 강시의 모양이 활강시처럼 인간과 큰 차이가 없습니다. 물론 조금 자세히 보면 알 수 있겠지만, 일반 강시처럼 혐오감을 주거나 하진 않는다는 것입니다. 또한 근육과 뼈가 유연하여 활강시와 거의 비슷하게 움직일 수 있고, 일반 사람과 그 모습에서도 큰 차이가 나지 않습니다. 또한 일반 강시보다 강하고 힘도 셉니다. 물론 그것은 이 강시들이 내공을 익혔기에 가능한 일입니다."

들을수록 신기한 일이었고, 관표의 맘에 드는 이야기였다.

노조의 불을 뿜는 듯한 이야기 속에는 전륜살가림처럼 거대한 집단에서 밀어만 준다면, 자신은 그 이상의 강시를 만들 수 있다는 자신감과 시샘이 어려 있었다.

관표가 백골노조를 보며 단도직입적으로 물었다.

"나와 뜻을 함께해 주실 수 있겠습니까?"

관표의 말에 백골노조는 물론이고 그의 손녀와 제자들의 표정이 일제히 굳어졌다.

반고충과 장칠고 역시 굳은 표정으로 백골노조를 본다.

백골노조가 강인한 눈으로 관표를 물었다.

"내가 뜻을 함께한다면 내게 좋은 것은 무엇입니까?"

관표가 굳은 의지를 담고 말했다.

"그늘이 되어줄 수 있습니다. 내가 감히 모든 위험으로부터 백골문을 지킬 수 있다고 장담할 순 없지만, 아무리 강한 자들이 위협해도 백골문을 등지는 일은 없을 것입니다. 그리고 음지의 문파를 양지로 끌어올리겠습니다."

백골노조는 관표를 바라보았다.

관표는 의연한 눈으로 백골노조를 바라본다.

두 사람의 시선은 움직이지 않고 서로를 보고 있었다.

모두 숨을 멈춘다.

"녹림왕은 그럴 만한 실력이 있습니까?"

"이미 보았던 것으로 생각합니다."

백골노조는 관표의 말을 들으면서 생각에 잠겼다.

천군삼성에 의해 숨죽이고 있던 구파일방과 오대세가의 힘은 이미 극을 향해 달리고 있었고, 전륜살가림이란 신비의 단체까지 나타났다.

자고로 무림은 이제 난세를 향해 달리고 있었으며, 시기에 민감한 지자들은 이미 그것을 느끼고 있었다.

백골노조 역시 그 부분을 어느 정도 눈치채고 있었다.

이제 대혼란이 오면 어디든 힘이 있는 곳에 붙어야 한다. 그러고 보면 사파의 무리 중 하나로 각인된 백골문이 갈 곳은 겨우 두세 군데로 정해져 있었다.

하나는 천군삼성 중 한 명이자 마의 대종사라 할 수 있는 사령혈마 담대소의 사령마궁이었다. 그러나 그곳에서 백골문은 그 존재 가치마저 묻히고 말 확률이 높았다.

오로지 무공만으로 모든 서열을 따지는 곳이 사령마궁이었다. 그곳에서 백골문을 받아줄 리도 없었다.

다음은 녹림맹이나 마종 여불휘가 있는 마교였다. 그러나 마교와 백골노조는 한 하늘을 이고 살 수 없는 불구대천이었다. 그렇다면 남은 곳은 녹림맹이지만, 녹림맹 자체가 그리 믿음직한 그늘은 아니었다.

또한 난세가 된다면, 어차피 녹림맹 또한 누군가의 그늘로 들어가야 살아남을 수 있는 곳이라 하겠다.

이런 저런 부분을 따지면서 백골노조는 관표를 저울질하였다.

그에게서 많은 이야기를 들었지만 아직 그의 발판이라고 할 수 있는 녹림도원은 믿음직스럽지 못했다.

그러나 왠지 관표에게는 믿음감이 생긴다.

아직 너무 젊다는 것이 흠이고, 과연 그의 무공이 어느 정도이냐 하는 한계는 있지만, 강시를 무시하지 않고 나름대로 유용하게 쓸 생각을 한 것도 크게 마음에 드는 부분이었다.

그러나 백골노조는 백골문의 문주였다.

자신의 판단 하나에 십여 명에 달하는 제자와 손녀딸의 생사가 걸려 있었다. 그리고 복수를 꿈꾸며 그동안 준비해 온 모든 것이 물거품이 될 수도 있었다.

문득 처참하게 죽어간 아들 내외가 생각났다.

단지 강시를 연구한다는 이유 하나만으로 음지에 숨어 살았던 아들 내외였다.

언제나 미안한 마음을 머금고 있었는데, 이번에는 힘이 없기 때문에 죽어가는 아들과 며느리를 보면서도 숨어 있어야만 했다.

살려야 하는 어린 손녀딸만 아니었다면, 딸만큼은 살게 해달라는 아들 내외의 울부짖음만 없었다면 자신 역시 그 자리에서 끝까지 싸우다 죽고 말았을 것이다.

그래서 더욱 힘에 대한 갈망이 컸다.

그런 면에서 일단 아미의 여승들을 물리친 관표의 무공엔 찬탄하고 있었다.

관표가 나직하게 말했다.

"이제 나는 새로운 힘을 필요로 합니다. 그리고 나는 아주 위험한 일을 해야 할 것 같습니다. 그런 면에서 노조의 힘이 꼭 필요합니다. 그리고 나와 함께 있다면 강시가 얼마나 좋은 일에 쓰일 수 있는지도 알 수 있을 것입니다."

관표의 말은 백골노조의 귓전을 파고들었다.

"잠시 제자들과 의논을 해도 되겠습니까?"

"그렇게 하십시오."

백골노조는 돌아서서 제자들과 손녀딸을 불러 모았다.

그들끼리 의논을 하는 동안 관표와 반고충, 그리고 장칠고가 잠시 자리를 잡고 앉아 쉬었다.

그 사이에 관표는 건곤태극신공을 끌어올렸다.

멀리서 모과산을 보고 있는 인물들이 있었다.

한 명의 청년과 또 한 명의 복면인은 마치 바위처럼 움직이지 않고 한동안 모과산을 바라만 보았다.

전혀 열리지 않을 것 같은 청년의 입술이 열렸다.

"저곳인가? 저곳으로 그녀가 갔단 말이지."

"그렇습니다. 분명히 그녀의 흔적은 이곳으로 이어져 있었습니다."

"모과산을 샅샅이 뒤져서라도 그녀를 찾아라! 왜 내가 싫은지, 그 이유를 꼭 묻고 싶다. 그리고 그녀가 내 대신 선택한 남자가 누구인지도 반드시 알아내라!"

"명대로 이행하겠습니다."

장년인의 신형이 마치 허깨비처럼 그 자리에서 사라졌다.

장년인이 사라지고 나서도 한동안 그 자리에 서 있던 청년이 입술을 깨물며 말했다.

"백리소소, 나를 버린 대가를 반드시 치러야 할 것이다. 그리고 너는 반드시 나의 여자가 될 것이다. 그것이 너의 운명이다!"

청년의 말엔 굳은 의지가 어려 있었다.

약 이각 동안 모여서 회의를 마친 후 백골노조가 관표에게 다가왔다.

관표는 조금은 무표정한 모습으로 백골노조를 바라보았다.

백골노조는 관표를 바라보다가 그 자리에 허리를 굽히며 말했다.

"백골노조, 이충이 주군께 인사를 드립니다."

선후가 확실한 모습이었다.

반고충과 장칠고의 얼굴에 안도의 표정이 떠올랐다.

관표가 백골노조의 손을 잡으며 말했다.

"노조, 감사합니다. 내 절대로 실망시키지 않도록 노력하겠습니다."

관표의 말에 백골노조와 그의 제자들, 그리고 그의 손녀가 미소를 지었다.

백골노조는 관표의 손을 잡는 순간, 어쩌면 자신이 이 어린 주군을 선택한 것은 정말 잘한 일이란 느낌이 들었다.

이미 완성된 안정성보다는, 비록 불안하지만 가능성에 기대를 하고 함께 이루어갈 수 있는 녹림도원을 선택하는 데 제자들의 반대는 그다지 많지 않았다.

제자들은 이미 관표의 무공과 강시를 경시하지 않는 모습에 반해 있었던 것이다.

단지 강시들에 대한 처분 문제 때문에 시간이 조금 걸렸을 뿐이다.

"강시 문제 때문에 시간이 조금 걸렸습니다. 이제 백골문은 오늘 이후로 사라지고, 그 제자들은 녹림도원으로 예속되었습니다."

관표가 고개를 끄덕이고 말했다.

"노조는 장로 대우를 받으실 것입니다. 그리고 백골문의 문도들은 녹림도원에 새로 만들어진 강시지원당(殭屍至願堂)에 예속되고, 이 장로님이 지목한 제자가 당주가 되어 이끌 것입니다. 앞으로 강시지원당이 해야 할 일들은 녹림도원으로 가면서 천천히 알려주겠습니다. 앞으로 나를 부를 땐 촌장이라고 부르면 됩니다. 녹림도원 자체가 하나의 마을이고, 나는 그 마을의 촌장으로서 도원을 이끌어 나갈 것입니다. 그리고 이 장로님."

촌장이란 말이 조금 낯설었던 백골문의 제자들과 백골노조는 이제야 촌장이란 말이 지닌 의미를 알고 이해하였다.

"말씀하십시오, 촌장님."

"강시를 만드는 데 극음이 필요하다고 했었죠?"

"그렇습니다."

"그럼 이건 어떻습니까?"

관표는 품 안에서 하나의 백옥병을 꺼내어 백골노조에게 주었다.

백옥병을 받아 든 백골노조는 그 병에 써진 글자를 보고 얼굴이 굳어졌다. 그의 얼굴은 믿을 수 없다는 표정에서 점차 격한 감동으로 흔들렸다.

"이걸 어떻게……."

"도움이 되는 것입니까?"

"도움이 되는 정도가 아닙니다. 이것만 있으면 강시를 제련하는 것이 수십 배 이상으로 빨라지고 극음지가 따로 필요하지도 않습니다. 대체 천고의 보물이라고 할 수 있는 빙한수를 어떻게 손에 넣으셨습니까?"

빙한수라는 말을 듣고 그의 제자들과 손녀가 놀란 표정으로 백옥병을 바라본다.

"더군다나 이 정도의 양이면 실로 엄청난 양입니다. 단 한 방울만이라도 구하려고 그렇게 애를 써도 구하지 못한 것을 병째로 보게 되다니……!"

노조는 감격해서 어쩔 줄 몰라 한다.

"그럼 기념 인사로 그것을 선물하겠습니다. 유용하게 쓰십시오."

관표의 담담한 말에 백골노조와 그의 제자들은 두 눈이 나올 정도로 놀라서 관표를 본다.

모두 놀라고 감격한 모습들이었다.

"이 귀한 것을……."

"우연히 구했을 뿐입니다. 도움이 된다니 다행입니다."

"다시 한 번 촌장님께 감사드립니다. 그리고 빙한수는 약간이면 충분하고도 남습니다. 그러니 나머지는 촌장님이 지니고 계십시오. 반드시 필요할 때가 있을 것입니다."

관표는 웃으면서 고개를 끄덕인 후 물었다.

"혹시 말이나 소도 강시로 만들 수 있습니까?"

관표의 엉뚱한 물음에 백골노조가 좀 놀란 표정으로 되물었다.

"말이나 소를 강시로 만드는 것은 오히려 인간보다 쉬울 수 있습니다. 그런데 그건 무엇에 쓰려고 합니까?"

"만약 강시마를 만든다면 물론 지치지도 않겠죠? 그렇다면 속도는 어떨까요?"

관표의 물음에 백골노조는 무엇인가 깨우친 표정으로 관표를 보면서 감탄한 표정으로 말했다.

"촌장님께서는 혹시……?"

관표가 대답 대신 빙긋이 웃었다.

백골노조가 손으로 무릎을 치면서 말했다.

"그게 그럴 수도 있었군요! 저는 상상도 하지 못했습니다."

"가능하겠죠?"

"죽은 지 하루가 지나지 않은 말이나 소의 시체만 있다면 충분히 가능합니다."

"그거야 구하기 어렵진 않을 것입니다."

"이제 백골문의 이름은 녹림도원에서 새롭게 쓰여질 것입니다."

백골노조는 너털웃음을 터뜨리며 좋아했다.

모두 놀란 표정으로 그를 본다.

第五章
몰려드는 영웅들

이루고자 한 일의 십 할을 이루고 돌아가는 관표 일행의 발걸음은 가벼웠다.

백골노조와 그의 제자들은 모든 것을 정리해서 모과산으로 오기로 이미 약속을 했다.

그전에 먼저 백골노조가 녹림도원으로 와서 강시를 만들고 보관할 수 있는 장소를 물색한 다음, 모든 준비를 마치고 아직 미완성된 강시들을 이동시키기로 하였다.

그래서 백골노조만 홀로 관표를 따라나섰다.

백골노조는 이미 완성 단계에 있던 강시들은 서둘러 완성을 시키도록 제자들에게 지시를 하였다. 그곳에서 완성시킨 강시들을 이용해서 다른 미완성된 강시들을 이동시킬 생각이었다.

모든 일에 성과가 이루어졌음에도 불구하고, 관표는 아직도 무엇인가 부족한 점이 있는 듯 얼굴이 굳어 있었다.

그 모습을 지켜보던 반고충이 다가와 물었다.

"표야, 무슨 고민이라도 있는 것이냐?"

"이제 어느 정도 힘을 가졌지만, 정말 강자들을 상대로 싸우기엔 턱없이 부족합니다. 인원 수가 너무 적고 무공도 약합니다. 나 또한 아직은 미진한 구석이 많은 것을 느끼고 있습니다. 특히 전륜살가림이란 곳이 자꾸 마음에 걸립니다. 아무래도 그곳의 힘은 내가 생각한 이상으로 강할 것 같습니다."

"다른 것이야 지금 고민한다고 해결될 문제가 아니고, 전륜살가림 문제는 운룡검 나 대협이 개방의 노화자에게 이미 그 소식을 전하지 않았나? 그렇다면 정파에서도 나름대로 준비를 할 것일세."

"그렇게만 생각할 문제가 아닙니다. 사부님도 보셨지 않습니까? 구파일방에서도 약자에 속한다는 아미파의 숨은 힘은 어이가 없을 정도였습니다. 그렇다면 다른 구대문파나 오대세가에서도 나름대로 그런 준비를 했을지도 모릅니다. 지금 무림의 문파들에는 절대 강자들이 너무 많습니다."

"그렇다면 더욱 잘된 일 아닌가? 그들의 힘으로 전륜살가림을 상대한다면, 그들을 능히 이기고도 남을 것일세."

"그게 그렇지 않습니다."

관표의 덤덤한 대답을 들은 반고충이 관표를 다시 한 번 돌아본다.

"대체 무슨 근거로 그런 말을 하는 것이냐?"

"모두 강하기 때문에 뭉칠 수가 없을 것입니다. 뭉치려면 어느 누구이든지, 아니면 어떤 문파이든 중심이 되어야 합니다. 하지만 지금 상황이라면, 어느 누구도 어느 문파나 개인 밑으로 들어가려 하지 않을 것입니다. 결국 뭉치지 않은 힘이라면 그들에게 각개격파당할 확률이 높습니다. 그리고 구파일방이나 정파 무림이 강한 것은 우리 녹림도원에게 심각한 위협이 될 수 있습니다."

관표의 말을 들은 반고충은 관표가 걱정하는 것이 무엇인지 알 수 있었다.

반고충은 새삼스런 시선으로 관표를 본다.

그의 지혜가 갈수록 깊어지고, 사람은 점점 대인이 되어가는 느낌이었다.

하루가 다르게 성장하는 관표의 모습을 보자 한결 든든해진다.

관표는 반고충에게 배운 수많은 경험과 지식들을 자신의 것으로 만들어가는 중이었고, 건곤태극신공은 그의 지혜를 점점 깊고 맑게 만들어주고 있었다.

도가제일의 무공인 건곤태극신공의 가장 뛰어난 점 중 하나는 정신과 육체를 함께 다스려 혜지를 높여주며, 신체를 가장 이상적인 골격으로 바꾸어주고, 외부의 위험에는 저절로 반응하여 주인을 지킨다는 것이었다.

또한 건곤태극신공이 깊어질수록 자신도 모르게 불가의 육천통과 비슷한 능력을 가지게 된다.

이제 어느 정도 경지에 달한 관표는 건곤태극신공의 덕을 톡톡히 보고 있는 중이었다.

그것은 겉으로 드러나지 않고 안에서 이루어지는 일이라, 관표의 곁에 있던 사람들도 문득문득 놀라곤 할 수밖에 없었다.

반고충은 관표가 걱정하는 것이 무엇인지 충분히 알 수 있었다. 그러나 전륜살가림에 대해서는 좀 지나치게 걱정하는 것이 아닌가 싶었다.

"그래도 강호의 최고 문파와 십이대초인들 중 서넛이 합하면 그들을 상대하는 데엔 무리가 없을 것이라고 생각하네. 그들의 능력은 정말 상상 이상으로 무섭고 강하단 말일세. 지금 자네가 정말 걱정해야 하는 것은, 자네가 마지막에 말한 것처럼 그들이 화살을 우리에게로 돌렸을 때일세."

관표가 고개를 흔들었다.

"그렇게만 생각할 일이 아닙니다. 이번 혈풍은 그렇게 쉽지 않을 것 같습니다. 불길한 예감이 듭니다. 그리고 그들이 우리에게 화살을 돌린다 해도 연합한 힘이 아니라면 이겨낼 수 있을 것입니다. 인원 문제도, 작은 녹림 산채를 굴복시켜 그들 중 쓸모있는 사람들을 모아야겠습니다."

반고충은 관표의 표정이 너무 진지해서 더 이상 반론을 하지 못했다. 그리고 관표의 마음이 전해져서인가? 반고충도 전륜살가림이 마음에 걸리며 불안해지는 것을 느꼈다.

관표의 일행이 모과산까지 약 이틀 정도의 거리를 두었을 때였다. 아주 이른 새벽이었지만 한시라도 빨리 돌아가기 위해 길을 재촉하며 말을 달리던 관표가 갑자기 말을 멈추었다.

반고충과 장칠고, 그리고 백골노조 역시 말을 멈추고 관표를 바라보았다.

관표가 한곳을 가리키며 말했다.

"멀지 않은 곳에서 두 무리의 고수들이 싸우는 것 같습니다."

반고충은 관표가 가리키는 쪽을 보고 고개를 흔들며 말했다.

"저쪽이라면 녹림칠십이채 중에서도 가장 유명한 곳 중 하나인 여가채와 가까운 곳일세. 누구든지 함부로 할 수 있는 곳은 아닌데?"

"여가채라면 저도 들어보았습니다."

"그렇지, 녹림의 물을 먹은 자들이라면 여가채를 모를 순 없지."

여가채는 녹림도의 무리들이었지만 민간인에게까지 유명한 산채였다. 비록 그들은 녹림의 산적들이었지만, 의를 알고 협을 아는 자들로 절대로 약자의 물건을 강탈하지 않기로도 유명했다.

특히 현 여가채의 채주인 여광은 녹림의 상징과도 같은 존재로 녹림맹 내에서도 세 손가락 안에 들어갈 정도의 고수였다.

그의 아버지인 여정은 녹림제일고수로도 이름이 높았다.

사십 년 전 녹림맹 맹주를 선출할 때 명리를 탐하지 않아 맹주 선출에 불참한 관계로 맹주가 되진 않았지만, 당시 여정이 맹주 선출에 나섰다면 맹주는 여정이었을 거란 말이 있을 정도였다.

아직도 여가채를 따르는 녹림의 산채가 많아서 녹림맹 내에서도 가장 큰 파벌을 지닌 산채였다.

여정이 이십 년 전 갑자기 실종되고 채주가 된 것은 여정의 하나뿐인 아들인 여광이었다.

당시 그의 나이는 스물다섯이었다.

그리고 현재 여광의 이름은 여정을 넘어설 정도로 녹림에선 유명했다.

"가봐야겠습니다."

관표가 말을 몰아 앞장서서 달리자 그 뒤를 반고충과 장칠고가 좇았다.

산과 산 사이 관도에서 약 오 리 정도 비켜난 곳에 제법 넓은 평지가 있고, 그곳에선 지금 오십여 명의 산적들이 삼십여 명의 표사들을 공격하고 있었다.

표국의 인물들은 표물을 중심으로 둥글게 원을 그리고 모여서 공격해 오는 복면인들을 상대하고 있었으며, 짐이 모여 있는 가운데엔 이십여 명의 쟁자수들이 겁에 질린 채 모여 있었다.

표국의 인물들을 공격하는 복면인들의 무공은 상당히 뛰어나고 숫자도 많아서 표국의 인물들은 악전고투를 하고 있었다. 이미 서너 명의 표사들이 시체가 되어 있고, 계속 몰리고 있는 상황이었다.

현장에 도착한 관표 일행은 일단 상황을 지켜보기로 하고 표국의 상징이라고 할 수 있는 깃발을 보았다.

관표는 표국의 깃발을 본 순간 얼굴이 굳어졌다.

금룡표국(金龍鏢局).

관표에게는 잊을 수 없는 깃발이었다.

화산의 하수연 일행에게 당하고 도움을 청했을 때 끝까지 자신을 도와준 표두와 표사의 얼굴이 떠오른다.

관표는 혹시나 해서 표국의 일행들을 살펴보았다.

너무도 낯익은 얼굴.

표풍검 장충수의 모습과 처음 자신을 장충수에게 안내했던 표사의 모습이 보였다.

두 사람은 각각 한 명씩의 복면인을 상대하고 있었는데, 장충수의 경우 벌써 세 군데나 상처를 입고 있었다.

장충수를 상대하는 복면인의 무공은 관표가 보기에도 상당히 놀라웠다.

"멈춰라!"

관표는 내공을 모아 고함을 내질렀다. 순간 벼락같은 고함 한마디에 모든 사람들은 기겁해서 동작을 멈추었다.

모든 시선이 관표를 향했다.

장충수를 상대하던 복면인은 고함 소리를 듣고 가슴이 철렁했다. 고함 속에 깃든 공력의 힘으로 보아 상대는 강호의 노기인이라고 판단을 내렸던 것이다. 그러나 생각 외로 젊은 청년이란 사실을 알고 다시 한 번 놀랐다.

그건 장충수나 표국의 인물들 역시 마찬가지였다.

관표는 말을 몰아 장충수를 상대하던 복면인에게 다가갔다.

관표의 직감은 그가 바로 복면인들의 우두머리라 말하고 있었다.

관표가 말 위에서 복면인을 내려다보면서 말했다.

"당신은 누군가? 복면을 한 걸 보면 정당한 자들 같지는 않은데."

복면인의 눈에 기광이 어렸다.

"누군지는 몰라도 남의 일에 상관하지 말고 그냥 지나가는 것이 장

수하는 길일 것이다."

목소리를 들어보니 나이가 상당히 들어 보였다.

관표는 담담한 표정으로 복면인을 보면서 대꾸를 하였다.

"그러고 싶어도 빚이 있어서……."

관표는 말을 하며 장충수를 보았다.

장충수는 관표의 얼굴을 보며 눈에 많이 익다는 것을 느꼈지만, 선뜻 누구인지 생각이 나지 않았다.

관표는 그런 장충수를 보았다가 다시 복면인을 보면서 단호하게 말했다.

"지금이라도 그냥 돌아간다면 모르는 척하겠지만, 그게 아니면 크게 다칠 것이다."

"흥, 미친놈이군. 이놈부터 죽여라!"

복면인의 사나운 명령과 함께 다른 북면인들이 관표를 향해 달려들었다.

순간 관표가 공력을 모아 갑자기 고함을 질렀다.

맹룡십팔투의 오호룡 중 하나인 천룡사자후였다.

"갈!"

그의 호통과 함께 달려들던 복면인 다섯이 코와 입에서 피를 흘리며 기절해 버렸다.

천룡사자후의 위력은 오호룡 중의 다른 무공에 비해 그 위력이 조금도 모자라지 않는 무공이었다.

복면인은 놀라서 쓰러진 자신의 동료들과 관표를 번갈아 본다. 단지 고함만으로 사람을 살상한다는 것은 절대 쉬운 일이 아니었다. 더군다나 지금 쓰러진 다섯의 수하는 무림에서도 꽤 강하다고 할 수 있는 무사들이었다.

"너, 넌 누구냐?"

사태의 심각성을 깨우친 복면인의 목소리가 조금 떨려 나왔다.

"나 말인가? 난 관표라고 한다. 남들은 나를 녹림왕이라고 부르더군."

"녹림왕 관표!"

놀란 빛이 역력했다.

그뿐이 아니라 장충수와 표국의 표사들도 모두 놀란 표정들이었다. 이미 관표에 대한 소문은 강호무림에 엄청난 충격을 주고 있었다.

섬서의 패자였던 철기보가 관표로 인해 멸문당했다는 것은 이제 강호무림에서 모르는 사람이 없을 정도였다.

너무도 많은 이야기가 난무해서 어떤 것이 진짜 관표에 대한 소문인지 그 진상을 가리기조차 어려울 정도로, 관표에 대한 소문은 이리저리 부풀려지고 만들어져서 강호 전역에 퍼진 상태였다.

상대가 누구인지 확인한 복면인은 빠르게 판단을 내려야 했다.

'상황이 좋지 않다. 빨리 이 자리를 뜨는 것이 좋을 것 같다.'

일단 결정을 내리자 지체하지 않고 수하들에게 명령을 내렸다.

"모두 퇴각하라! 네놈은 오늘 일을 두고두고 후회할 것이다."

수하들에게 퇴각 명령을 내린 후 복면인은 관표를 보면서 마지막으로 협박성에 가까운 말을 남기고 자리를 뜨려 하였다.

"나중에 어떻게 될진 모르겠지만, 당신은 여기 남아야 할 것 같은데?"

관표가 말 위에서 몸을 날리며 맹룡칠기신법을 펼쳤다.

미처 자리를 뜨기도 전에 관표의 신형이 복면인의 앞을 가로막았다.

복면인은 기겁해서 들고 있던 검으로 관표의 얼굴을 찔러갔다. 순간 관표의 오른손이 금자결로 단단해진 채 복면인의 검을 쳐냈고, 동시에 관표의 발은 복면인의 복부를 걷어차 버렸다.

'꾸욱' 하는 소리와 함께 복면인은 그 자리에 주저앉아 기절하고 말았다.

퇴각하려던 복면인들은 자신들의 상관이 단 일 합에 어이없이 사로잡히자 이러지도 저러지도 못한 채 관표의 눈치를 살폈다.

구하긴 해야겠는데, 행동으로 표현하기엔 관표가 보여준 한 수가 너무 충격적이었다.

관표가 그들을 둘러보면서 말했다.

"모두 돌아가라! 그렇지 않으면 모두 이자와 같이 될 것이다."

관표의 냉정한 말에 북면인들은 그래도 움직이지 못하고 서로 눈치를 보았다.

관표가 냉정하게 웃더니 옆에 있던 거대한 통나무를 두 손으로 잡은 다음 대력철마신공으로 뿌리째 뽑아 들어올렸다.

그 어마어마한 힘에 복면인들은 모두 눈이 찢어질 것처럼 부릅떴다. 관표는 그 나무를 들어 복면인들이 주춤거리며 서 있는 곳으로 던졌다.

순간 통나무가 지나간 곳에 무려 이십여 명의 복면인들이 쓸리며 팔다리가 부러져 날아갔다.

나머지 복면인들은 다리를 후들거리며 도망치기 시작했다. 더 이상 관표에게 덤빌 용기가 나지 않았던 것이다.

복면인들은 모두 사라졌다.

그들이 사라지고 나자 관표가 장충수에게 다가갔다.

장충수는 얼이 빠진 모습으로 관표를 보고 있다가 그가 다가오자 얼른 포권지례를 하면서 정중하게 말했다.

"도와주서서 감사드립니다."

관표는 미소를 지으며 마주 포권지례를 하였다.

"장 표두님께선 아직도 제가 기억이 안 나시는 모양입니다."

장충수가 놀라서 관표를 바라보았다.

그렇지 않아도 계속 낯이 익다 싶었던 것이다.

관표는 담담하게 자신이 장충수를 만났던 이야기를 하였다.

그제야 장충수도 관표를 기억해 내었고, 녹림왕의 탄생 비화를 알게 되었다. 그렇지 않아도 혹시나 하던 참이긴 하였다. 그러나 그 어리숙하게 생겼던 청년이 지금의 녹림왕이라고 판단하기엔 조금 무리가 있었기에 망설였던 것이다.

모닥불을 중심으로 빙 둘러앉은 장충수와 관표 일행은 서로 수인사를 주고받은 후 그동안 서로의 안부를 물으며 이야기꽃을 피우기 시작했다.

장충수는 관표의 이야기를 들으면 들을수록 신기하기만 하였다. 자신이 구해주었던 그 순박한 청년이 녹림왕으로 나타날 줄이야 누가 알았겠는가? 처음 녹림왕의 소문을 들었을 때 조금 의심은 했지만, 설마 하며 곧 잊고 있었다.

관표의 이야기는 들으면 들을수록 재미있고 놀라웠다.

그렇게 한동안 서로 이야기를 나눌 때였다.

관표가 갑자기 말을 멈추고 동쪽에 있는 산 쪽으로 시선을 주었다. 다른 사람들도 관표의 모습을 보고 무엇인가 느낀 듯 말을 멈추고 그가 본 곳을 예의 주시하였다.

그리고 약 반 각 정도가 지났을 때 삼십여 명의 인물이 나타났다. 그들의 앞에는 사십대의 중년인이 서 있었는데, 얼굴에 난 수염이 멋지게 어울려 보는 사람에게 '아!' 하는 경탄을 자아내게 만들었다.

그의 청수한 얼굴과 영웅의 기상이 어린 모습에 관표나 반고충도 감탄하지 않을 수 없었다.

중년인을 본 장충수가 반가운 표정으로 걸어나갔고, 중년인 역시 장충수를 보고 반가운 표정으로 뛰어오면서 말했다.

"형님, 정말 오랜만에 오십니다. 그간 어떻게 지내셨습니까?"

"하하, 나야 항상 그렇지. 정말 반갑네. 그렇지 않아도 내 자네를 몹시 보고 싶던 참이었네. 마침 지나는 길이라 잠시 들러 술이라도 한잔 할 생각이었지."

"정말 잘 오셨습니다. 그런데 처음 보는 분들이 있으십니다?"

"참 자네에게 내 아주 귀한 분을 소개해 주지."

장충수가 귀한 분이라고 하자 나타난 중년인은 의아한 표정을 지었다.

그가 아는 의형 장충수는 어지간해서는 누구를 함부로 귀하다고 말하는 사람이 아니었기 때문이다.

"여기 이분이 바로 녹림왕 관표일세."

나타난 중년인은 놀라서 다시 한 번 관표를 바라보았다.

설마 녹림왕을 이렇게 만나리라곤 전혀 생각하지 못했던 것이다. 같은 녹림인으로서 가장 보고 싶은 인물이 있다면, 바로 녹림왕 관표였다.

중년인은 얼른 포권지례를 하면서 인사하였다.

"여가채의 여광이 녹림왕을 뵙습니다."

이번엔 관표 일행이 놀랐다.

설마 표국의 총표두인 장충수의 의동생이 여가채의 채주일 줄이야……

표두와 도둑이 의형제라니.

반고충과 장칠고가 의아한 표정을 지을 때 관표는 괘의치 않는다는 표정으로 마주 인사를 하며 말했다.

"관표가 선배님을 뵙습니다."

필요 이상 굽히지도, 오만하지도 않은 인사였다. 그리고 그의 얼굴엔 별다른 표정이 떠올라 있지 않았다.

여광은 속으로 은근히 감탄한다.

'나이 어린 청년의 기도가 정말 대단하구나. 소문이 아주 헛것은 아닌 모양이군. 무공은 어느 정도나 될지 궁금하다.'

여광은 녹림왕에 대해서 여러 가지로 궁금했다.

명성으로 치자면 현재 관표의 명성이 여광을 훨씬 앞선다고 할 수 있었다. 그러나 그 명성은 바람일 수도 있었다.

그리고 거품이 많을 수도 있는 것이다.

무림은 실력과 명성이 우선시하는 곳이었다.

여광은 같은 녹림의 인물로서, 그리고 의형의 손님으로서 녹림왕으로 불리는 관표에게 최선의 예를 갖추었다.

녹림의 대선배로서 쉽지 않은 모습이었다.

관표나 반고충은 그 점을 잘 알고 있었기에 내심 다시 한 번 감탄했다.

여광은 인사를 하고 난 후 단도직입적으로 말했다.

"듣기로 녹림왕의 무공이 집채만한 바위를 뽑아 던지고, 한 번 주먹을 휘두르면 당할 자가 없다고 들었습니다."

관표는 할 말이 없었다.

그 소문은 분명히 사실이었다. 그러나 무림인 중에 그 말을 믿을 수 있는 사람이 몇이나 있겠는가? 그렇다고 '그렇습니다' 할 수도 없는 일이었다.

이때 장칠고가 나서며 말했다.

"촌장님의 무공은 분명히 그런 위력이 있습니다."

자신만만한 목소리였다.

설마 장칠고가 그렇게 말할 줄 몰랐던 관표나 반고충은 조금 당황했다. 그런데 그 옆에 있던 장충수가 거들고 나섰다.

"나도 보았네. 그 소문은 절대로 헛소문이 아닐세. 나뿐이 아니라 여기 있는 모든 사람들이 그것을 보았지."

장충수는 말을 하며 관표가 뽑아 던진 나무가 있던 곳을 바라보았다. 아쉽게도 그 나무는 이미 장작으로 쪼개져 불타고 있었으며, 그 안에 깔려 뭉개졌던 복면인들은 모두 반병신이 되어 돌아간 다음이었다.

여광은 장충수까지 그렇게 말하자 어안이 벙벙하였다.

무인에게 힘이 세다는 것이 꼭 자랑만은 아니었다.

보통 바위를 뽑아 던지고, 도검이 안 들어간다는 말은 누군가를 신격화할 때나 주로 쓰는 말이다. 그리고 무인에게 그런 소문이 있다면, 그건 그가 그만큼 무공이 강하다는 은유지, 설마 진짜 그럴 리는 만무한 일이었다.

바위를 뽑아 던진다고 신법이나 보법에 조예가 깊은 무인들이 그 바위에 맞겠는가? 그건 말도 안 되는 소리였다.

그런데 의형까지 그 소문이 맞는다고 하니 어떻게 받아들여야 할지 난감해진 여광이었지만, 다행이다 싶기도 했다.

그렇지 않아도 녹림왕과 손속을 겨루어보고 싶었던 참이다.

"녹림왕의 이야기가 너무 거창해서 그 말을 다 믿지 못했는데, 꼭 그렇진 않은 모양입니다. 여 모가 녹림왕의 뛰어난 무공을 한 번 견식하고 싶은데, 가능할지 모르겠습니다."

여광이 기대 어린 시선으로 관표를 보았고, 관표뿐만이 아니라 여광과 함께 온 여가채의 수하들, 그리고 금룡표국의 표사들이 우르르 몰려들며 박수를 치고 환호를 한다.

그들로서는 대환영일 수밖에 없었다.

이때 반고충의 전음이 흘러들었다.

"표야, 아주 확실하게 네 실력을 보여줘라. 어쩌면 여광을 우리 편으로 만들 수 있을지도 모른다. 그렇게 되면 네 걱정이 하나 더 줄어들게 된다."

반고충의 전음이 아니더라도 관표는 여광에게 관심이 많았었다.

관표는 더 이상 사양하지 않고 자리에서 일어섰다.

사람들은 주변을 빙 둘러앉아서 자리를 마련해 주었다.

여광은 관표와 이 장의 거리를 마주하고 섰는데, 그의 양 허리에는 작은 손도끼 두 자루가 꽂혀 있었고, 손에는 대환도가 들려 있었다.

보통 몽고군의 대환도와 비슷하지만 조금 다른 점이 있다면, 길이가 조금 더 길고 날카롭다는 점 정도였다.

여광은 관표가 맨손으로 나서자 도를 들어 손으로 감싸 인사를 하면서 말했다.

"나는 이 대환도 한 자루와 손도끼 두 자루가 무기지만, 녹림왕의 무기는 보이지가 않습니다."

관표가 웃으면서 말했다.

"나는 무기를 다루는 법을 별로 배우지 못했습니다. 아주 다룰 줄 모르는 것은 아니지만, 나의 장기는 손발이고 주변의 모든 것이 내 무기입니다. 그러니 걱정 않으셔도 됩니다."

관표의 말에 여광은 더 이상 의문을 접고 도를 들어 자신의 성명절기인 대정금강도법(大精金剛刀法)을 펼칠 준비를 하였다.

대정금강도법은 그의 할아버지가 우연히 얻은 불문의 금강도법에 여가채의 대원환하도법을 가미해 만들어진 도법으로, 녹림에서는 세 손가락 안에 들어가는 절기로 정평이 나 있었다.

여가채는 이 도법을 삼대에 걸쳐 다듬고 다듬었다.

'이엽!' 하는 기합과 함께 여광은 여씨연삼랑(呂氏連三狼)의 초식을 펼쳤다.

연삼랑의 초식은 일종의 연환도법으로, 이리처럼 거칠고 흉맹한 초식이다.

여광이 가장 많이 사용하는 초식 중 하나이기도 했다.

관표가 손을 들어 여광의 도를 막아가자 모든 사람들이 놀라서 본다.

"저, 저……."

하면서 안타까운 표정으로 발을 동동 구르는 표사도 있었다.

아무리 손이 단단해도 여광의 도를 맨살로 막는다는 것은 불가능하다고 생각했던 것이다. 그들은 바로 얼마 전에 관표가 복면인을 상대하면서 손으로 그의 무기를 쳐낸 것을 보지 못했다.

'땅', '땅' 하는 쇳소리와 함께 여광의 도가 관표의 팔에 걸려 튕겨나갔다.

여광은 손이 찢어져 나갈 것 같은 통증을 느끼고 놀라서 일단 뒤로 물러섰다. 그리고 관표의 팔을 살핀다.

관표는 태연하게 서 있었고, 그의 팔은 아무런 손상이 없는 것 같았다.

수투나 갑주 같은 것을 둘렀나 살폈지만 관표의 손목과 팔은 맨살이 분명했다.

표사들이나 여가채의 인물들은 모두 놀란 표정으로 관표를 본다.

"금강불괴."

여광이 허탈한 표정으로 말하자 관표가 진지한 표정으로 대답하였다.

"꼭 그런 것은 아니지만, 비슷합니다."

여광은 정중하게 다시 한 번 묻는다.

"어떤 무공인지 알 수 있습니까?"

관표는 망설이지 않고 대답하였다.

"대력철마신공입니다."

그의 말을 들은 사람들은 모두 아연한 표정을 지었다.

십대마공 중에서도 가장 위력이 강한 무공.

삼대천마공이라고 불리는 개세의 삼대마공 중 하나로, 이미 전설로
사라진 무학이 바로 대력철마신공이었다.

"어쩐지……."

여광은 이제 이해가 갔다.

第六章
장충수를 죽이려 한 자가 누구냐?

여광의 기세가 달라졌다.

그의 도가 부르르 떨린다.

"이번엔 정말 조심하시오."

"내 걱정은 안 해도 됩니다."

여광의 표정이 단호하게 변하면서 도를 휘둘렀다. 순간 그의 도에서 맑은 청색의 기운이 뿜어져 관표의 얼굴과 가슴을 향해 공격해 왔다.

그 모습을 본 장충수가 놀라서 말했다.

"도기(刀氣)."

검기와 같은 수준의 도기.

그 말을 들은 여가채의 수하들 얼굴은 자부심으로 상기되었고, 표사와 쟁자수들은 모두 놀란 표정을 짓는다. 도기라는 것 자체가 얼마나 어려운 무공인지 잘 알기 때문이었다. 그런데 일개 녹림채의 채주가 도기를 사용할 줄은 상상도 못했던 것이다.

관표는 여광의 도에서 뿜어지는 도기를 보고 감탄하지 않을 수 없었다.

도기를 쓰는 것도 놀랍지만, 도기를 사용하는 것이 자연스럽다. 상당히 능숙한 경지였던 것이다.

'이 정도였단 말인가?

관표는 감탄을 하면서 양손으로 맹룡십팔투의 오호룡 중 사혼참룡수를 펼쳤다.

파르릇.

하는 소리가 들리면서 여광은 자신의 도기가 관표의 장법에 말려 흩어지는 것을 느끼고 당황하였다.

'이렇게 가면 내가 패한다!'

판단을 내린 그의 신형이 뒤로 한 걸음 물러섰다가 재차 공격해 들어갔다. 그런데 그의 도에 맑은 서광이 어려 있는 것이 아닌가? 그것을 본 반고충이 놀라서 소리쳤다.

"도강(刀罡), 도강이라니!"

완벽하진 않지만 도강이 분명했다.

모두 놀라서 여광의 도를 볼 때, 그의 도가 눈부신 서광을 뿌리며 관표를 향해 가로질러 나갔다.

관표의 두 손이 교차하면서 용형신강을 뿜어내었다.

꽝!

하는 소리가 들리고 여광의 신형이 뒤로 다섯 걸음이나 주르륵 물러섰다.

관표는 여전히 그 자리에 서 있다.

여광은 자신이 졌다는 사실을 믿지 못하고 멍한 표정으로 관표를 본다. 그뿐이 아니라 여가채의 수하들 역시 마찬가지였다.

녹림맹주와 겨루어도 지지 않을 것이라 믿었던 채주였다. 그런데 관표를 만나서 제대로 힘 한 번 쓰지 못하고 진 것이다. 그 충격은 의외로 적지 않았다.

대체 녹림왕의 무공은 어느 정도란 말인가?

표사들 또한 누가 지고 이기고를 떠나서 멍한 표정으로 두 사람을 본다. 그들로서는 단 한 번도 본 적이 없는 멋진 결투였다.

그들이 언제 도기를 보고 도강을 견식할 수 있겠는가? 꿈에서나 그리던 일들이었다. 그리고 도기와 도강을 상대로 맨몸으로 싸워 이기는 것을 보았다.

단 두세 번에 걸친 대결이었지만, 그 맹렬함과 기오함은 어떤 대결보다도 박진감이 넘쳤다. 모두 감탄한 표정으로 두 사람을 볼 때 여광이 다시 한 번 도를 고쳐 잡으며 말했다.

"정말 대단하시오. 이번에도 내가 진다면 인정하겠소이다."

그의 얼굴엔 호승심이 떠올라 있었다.

그 모습을 보던 관표가 말했다.

"그렇게 자신이 있다면, 이번엔 그냥 밋밋한 대결이 아니라 내기를 하면 어떻습니까?"

관표의 말에 여광이 그를 바라본다.

"나는 이 자리에서 단 한 발도 물러서지 않겠습니다. 여 채주님이

나를 단 한 발이라도 물러서게 만든다면, 내가 진 것으로 하리다."

그 말을 들은 여광의 얼굴이 붉게 물이 들었다.

여가채의 수하들 얼굴에도 분노한 표정이 떠오른다.

장충수는 당황한 표정으로 관표를 보았다.

지금 관표가 한 말은 너무도 오만한 말이었고, 여광을 무시한 말이었다.

여광의 실력으로 보아 그의 공격을 피하지도 않고 그 자리에 서서 막아낸다는 것은 십이대초인이라도 쉽지 않은 일이었다.

"내가 진다면, 난 평생 동안 여 채주를 형님으로 모시고 따르겠습니다. 대신 내게 진다면."

모든 시선이 관표를 향했다.

관표가 진지한 얼굴로 말한다.

"만약 내가 이긴다면, 앞으로 십 년간 나를 도와주십시오."

그 말이 무엇을 뜻하는지 바보가 아니라면 누구나 알 수 있는 말이었다.

여광은 얼굴을 굳혔다.

"좋소. 하지만 정말 조심하시오."

"그 정도는 각오하고 있습니다."

두 사람의 말을 들은 장충수가 앞으로 나서며 말했다.

"만약 여 동생이 진다면, 나 또한 십 년간 녹림왕을 돕겠소."

그 말을 들은 표사들이 모두 놀라서 장충수를 본다.

장충수가 웃으면서 말했다.

"대신 녹림왕이 지면 나를 큰형님으로 모셔야 할 것이외다. 괜찮겠소?"

관표가 웃었다.

그렇지 않아도 장충수는 그에게 꼭 필요한 인물이었다.

"더욱 좋습니다. 내 반드시 이겨야 할 이유가 하나 더 생겼습니다."

관표의 말에 여광 역시 온몸의 진기를 전부 끌어 모으며 말했다.

"나 역시 반드시 이겨야 할 이유가 하나 더 생겼습니다. 그럼 조심하시오."

"동의한 것이오?"

"당연한 일이오, 내가 질 리가 없으니까."

여광의 자신만만한 말을 들으며 관표는 자세를 취했다.

여광은 자신의 도에 진기를 끌어 모으고 대정금강도법의 살수이자 후삼식 중 하나인 금강연혼류(金剛練魂流)의 초식으로 관표의 얼굴을 향해 그어갔다.

으스스한 도강이 벼락처럼 뿜어지면서 관표의 얼굴을 향해 그어오자, 관표는 오른손에 대력철마신공의 금자결과 태극신공의 신기결을 함께 운용한 다음 그의 도를 손으로 쳐나갔다.

보던 사람들 눈이 더욱 커진다.

도강을 향해 맨손을 휘두르는 것에 모두 기겁을 한 것이다. 그리고 도와 맨손이 충돌하였다.

'퍽!' 하는 소리가 들리며 여광은 자신의 도에 실린 힘이 흡수되듯이 흩어지는 것을 느끼고 기겁을 하였다.

마치 손으로 솜뭉치를 친 기분이었다.

'이건 또 뭐란 말인가? 대력철마신공은 강의 무공인데, 이건 아주 유연한 강기다!

여광은 자신의 공격을 맨손으로 손쉽게 막아낸 관표가 두려워졌다. 그러나 거기서 포기할 순 없었다.

여광은 도를 비틀며 재차 대정금강도법의 마지막 초식을 펼쳤다.

무형의 도강이 그대로 관표를 찍어갔다.

관표의 두 손이 원을 그리면서 용의 형상을 만들며 회전하였다.

사혼참룡수의 용형이원(龍形理院)이었다.

여광은 자신의 도강이 그 용형과 충돌하면서 흔적도 없이 사라지는 것을 느끼자 그대로 몸을 회전하며 왼손으로 두 개의 작은 손도끼를 뽑아 연이어 던졌다.

그 동작이 너무 빠르고, 도의 경기 속에서 교묘하게 날아왔기 때문에 참으로 방비하기 어려운 공격이었다.

그러나 두 개의 도끼는 관표의 몸 근처에서 마치 미끄러지듯이 휘어지면서 뒤로 날아가 버렸다.

역시 건곤태극신공의 신기결을 뚫지 못한 것이다.

유로 강을 제압하고 정면으로 부딪치는 것보다 상대의 공격을 비틀고 미끄러뜨려 무력화시키는 신기결의 유연한 강기는 여광의 무공에 상극이었다.

관표의 입가엔 작은 핏물이 새어 나오고 있었다.

여광은 허탈한 표정을 감추지 못하고 그 자리에서 주저앉고 말았다. 설마 정말 질 줄은 생각하지 않았다.

관표의 나이로 보아 무공이 아무리 강해도 한계가 있을 것이라 생각했던 것이다.

대력철마신공이 대단하지만, 그건 그만큼 터득하기가 어려운 무공이었다. 그러니 관표의 나이에 그것을 얼마나 터득했으랴 생각했던 것이다. 그러나 결과는 그의 상상을 훨씬 벗어나 버리고 말았다.

여광이 허탈한 표정으로 주저앉아 있을 때 관표가 힘겨운 목소리로 말했다.

"정말 힘들었습니다."

목소리가 떨려 나오는 것으로 보아 정말 힘겹게 이겼다는 것을 알 수 있을 정도였다.

여광은 관표의 말을 듣고 정신이 번쩍 들었다.

그는 벌떡 일어서며 관표에게 예를 갖추고 말했다.

"여광은 졌음을 인정합니다."

그 말이 떨어지는 순간 여가채의 수하들과 표사들이 일어서서 일제히 기립 박수를 치며 환호하기 시작했다.

그들은 무인들이었다.

멋진 승부에 이어 깨끗하게 승복하는 여광의 모습이 보기 좋았던 것이다. 그리고 평생 동안 단 한 번도 볼 수 없었던 절대고수들의 대결이 그들의 피를 끓게 만들었던 것이다.

가슴에 저절로 웅심이 솟아나고, 마치 자신이 그 결투 속의 주인공이 된 것처럼 가슴이 두근거린다.

장충수가 관표에게 다가와 역시 포권지례를 하면서 말했다.

"장충수가 촌장을 뵙습니다."

그는 이미 장칠고가 관표를 부를 때 그의 위치가 촌장이란 지위로 대변됨을 짐작했던 것이다.

그 말을 들은 여광도 다가와 인사를 한다.

"신 여광이 촌장님을 뵙습니다."

순간 여가채의 수하들이 일제히 허리를 굽히며 고함을 질렀다.

"촌장님을 뵙습니다!"

그 모습을 보고 관표는 다시 한 번 감탄하였다.

채주가 어떤 결정을 내리자 그 수하들은 지체없이 그 명령을 따르는 것은 정말 보기에 좋았다. 그리고 평소 그들이 얼마나 채주를 따르고 믿는지도 알 수 있는 부분이었다.

다시 한 번 인사를 나눈 후 관표는 백골노조도 그들에게 소개하였다.

백골노조는 자신의 이름을 거론하는 것을 꺼려하였으나, 이제 한식구가 된 처지였기에 다시 인사를 하게 한 것이다.

"이분은 백골노조이십니다."

여광과 장충수가 놀라서 백골노조를 본다.

설마 괴물이라고 불리는 백골노조가 이 자리에 있을 줄은 생각하지 못했던 것이다.

서로 담소를 나누면서 약 한 시진 정도가 흘렀다.

그동안 관표는 자신이 생각했던 녹림도원에 대해서 설명하였고, 여광과 장충수는 다시 한 번 관표를 볼 수밖에 없었다.

단순하게 녹림맹과 같은 종류인 줄 알았던 녹림도원은 그들의 생각을 벗어나 있었다.

이야기를 다 듣고 난 다음 여광이 벌떡 일어서며 말했다.

"신 여광은 죽을 때까지 녹림도원의 일원으로 충성을 다하겠습니다!"

그의 말이 끝나자 이번엔 장충수가 일어서며 말했다.

"저 장충수 또한 촌장님을 끝까지 따르겠습니다."

그 말을 들은 관표가 감격하며 그들의 손을 잡은 다음 장충수를 보면서 말했다.

"그렇지만 금룡표국은 어쩌시려고 그럽니까?"

장충수의 얼굴에 씁쓸한 미소가 어린다.

"어차피 나와야만 할 곳입니다."

관표와 여광이 궁금한 표정으로 장충수를 보았다.

"그 이유는 따로 나중에 말씀드리겠습니다."

"그렇게 하십시오."

"대신 나를 따르는 표사들이나 쟁자수들이 함께해도 되겠습니까?"

"그야 대환영입니다."

장충수의 얼굴이 밝아졌다.

관표와 반고충, 그리고 장칠고의 마음도 한결 가벼워졌다.

한 번에 인원 문제도 확실하게 처리되었다.

이젠 앞으로 나아가기만 하면 될 것 같았다.

그리고 이어서 두 사람이 관표를 따르겠다고 선포를 하자 여가채의 인물들은 어떤 의견도 없이 모두 채주의 뜻을 따르겠다고 하였다. 그러나 표사들과 쟁자수들은 서로 의견이 달랐는데, 그들 중 장충수를 따르기로 한 무리가 칠 할이었고, 삼 할은 나중에 표행을 마칠 때까지만 함께하기로 하였다.

이때 여가채의 부채주 중 한 명이 나서서 말했다.

"촌장님께 부탁이 있습니다."

"말해 보십시오."

"제가 듣기로 촌장님은 하늘의 신장과 같아서 거대한 바위를 집어 던지면 천지가 개벽을 한다고 들었습니다. 그 위력을 한 번 보고 싶습니다."

관표는 웃으면서 공터 옆에 있는 바위로 다가섰다.

바위의 크기는 보통 사람보다 두 배는 되어 보였고, 그 뿌리가 땅에 단단하게 박혀 있는 큰 바위였다.

모두들 설마 하는 표정으로 관표와 바위를 번갈아 본다.

관표는 바위 앞에 서서 대력철마신공의 신자결을 운용한 다음, 바위를 두 손으로 잡았다.

모두 긴장한 눈으로 관표를 보고 있었지만, 그들은 관표가 바위를 힘으로 뽑을 수 있다고 믿지는 않았다.

저 정도의 바위를 땅에서 뿌리째 뽑는다는 것은, 소 십여 마리가 동원되어도 불가능한 일이었다.

관표가 바위를 잡은 손에 힘을 주었다.

"이얍!"

하는 기합과 함께 바위가 천천히 뽑혀 올라왔다.

그 모습을 본 여가채의 수하들과 표사들은 물론이고 백골노조와 여광, 그리고 장충수까지 입이 턱 벌어진다.

관표는 뽑아 든 바위를 운룡부운신공으로 가볍게 만들었다.

마치 솜뭉치를 드는 것처럼 그 거대한 바위가 가볍게 들린다.

"으아아!"

보는 사람들이 저절로 소리를 질러대었다. 그러나 그들의 놀라움은 이제 시작이었다.

관표는 바위를 건곤태극신공의 흡자결로 자신의 손바닥에 붙였다. 그리고 몸을 서너 바퀴 회전시켜서 원심력을 심어준 다음, 숲을 향해 던졌다.

날아가는 바위는 운룡천중기가 주입되어 있었다.

우웅—

하는 굉음과 함께 십 장이나 날아간 바위는 아름드리 노송 십여 그루를 분질러 놓으며 숲 안으로 다시 십여 장이나 날아들어 간 다음에야 멈추었다.

바위가 날아간 숲은 마치 길이 난 것처럼 공간이 벌어져 있었다.

보던 사람들은 모두 할 말을 잃고 말았다.

누구든지 압도적인 힘 앞에서는 겸손해지기 마련이고, 힘을 추구하는 자들은 그 힘을 존중하고 따르게 마련이었다.

지금 관표가 보여준 한 수는 결코 힘만으로는 불가능하다는 것을 무인이면 누구나 알 수 있는 일이었다.

힘과 기의 조절, 그리고 절정의 신공.

모든 것이 합해져서 나온 결과였다.

전대미문이란 말은 이럴 때를 위해서 존재한다고 봐야 한다.

설사 무림의 십이대초인이라고 해도 지금 관표와 같은 위력으로 바위를 뽑아 던지기란 힘들 것이다.

여광이나 장충수는 물론이고, 이미 관표의 무공을 몇 번에 걸쳐 본

적이 있는 백골노조조차도 관표의 무공이 어느 정도일지 새삼 궁금해졌다.

"와아! 촌장님 최고다!"

"굉장하다!"

요란한 함성과 함께 여가채의 수하들과 금룡표국의 표두와 표사들이 관표를 향해 찬사를 보내며 감탄하였다.

바로 조금 전, 거대한 나무 하나를 뿌리째 뽑아 던진 관표의 괴력을 본 표사들이나 쟁자수들조차도 설마 이번에는 했다가 말문이 막히고 말았다.

그들로서는 도저히 상상도 할 수 없던 광경이었다.

단순하게 바위를 던지는 것이 아니라 저 정도의 위력과 속도라면, 단순하게 피하고 막을 수 있는 수준은 넘어섰다고 볼 수 있었다.

자신이 그 바위를 막아야 한다고 생각하면 저절로 오한이 든다.

관표에 대한 존경심이 절로 나올 수밖에 없었다.

여광이나 장충수 같은 고수들도 넋이 나갈 지경인데, 일반 수하들이나 표사들의 놀라움과 경이로움은 더 말할 필요가 없었다.

단숨에 관표를 따르고 존경하게 만들기에 충분하고도 남았다.

힘을 추구하는 자들은 그런 면에선 단순하였다.

관표는 자신의 힘을 의도적으로 보여줌으로써 그들을 단숨에 사로잡은 것이다.

여광은 그제야 관표가 자신의 체면을 생각해서 부상을 당한 척해주었다는 것을 어렴풋이 눈치챌 수 있었다.

그 배려가 고마웠다.

여광은 관표를 보면서 생각하였다.

'녹림왕의 무공이 십이대초인들과 견줄 수 있을 거란 말을 단순한 소문으로만 믿었는데, 지금 보니 어쩌면 정말 겨룰 수 있을지도 모르겠다. 나는 오늘 진정한 주군을 만난 것 같다.'

여광은 가슴이 두근거리는 것을 느꼈다. 그리고 그의 옆에 있는 장충수 역시 같은 기분으로 관표를 보고 있었다.

무엇보다도 관표는 젊었다.

지금은 아니라도 앞으로 십 년 후면 정말 그의 무공은 아무도 상상하기 어려운 일이었다.

관표의 멋진 무공 시범이 있고 난 후 모든 사람들이 삼삼오오 어울려 이야기를 나누고 있었다. 그리고 그들의 한가운데엔 관표와 장충수, 그리고 여광과 반고충 등이 따로 모여 있었는데, 장칠고가 사로잡은 복면인을 그리로 끌고 왔다.

장칠고는 복면인의 복면을 그 자리에서 벗겨 버렸다.

염소수염에 나이가 육십은 되었을 것 같은 노인이었다.

관표는 노인을 살펴본 후 장충수를 보면서 물었다.

"아는 사람입니까?"

장충수는 얼굴을 군힌 채 고개를 흔들었다.

이때 노인의 얼굴을 본 반고충이 대신 말했다.

"그는 내가 아는 자일세."

모든 시선이 반고충에게 모아졌다.

"부환검(芙煥劍) 우운이란 자일세. 사용하는 검법이 마치 부용 같고,

불꽃처럼 강렬하다고 해서 부환검이란 아호가 붙은 자이지. 섬서성에서는 열 손가락 안에 들어가는 고수 중 한 명이라고 할 수 있는 자일세."

부환검의 유래는 모르지만 우운은 관표도 들어본 이름이었다. 관표뿐 아니라 그 자리에 있던 사람들은 누구나 우운을 안다.

그 정도로 유명한 검객이 바로 우운이었다.

그런 우운을 가볍게 제압한 관표의 무공에 장충수는 다시 한 번 감탄하였다.

우운은 비록 활동이 많은 사람이 아니었기에 얼굴을 아는 자가 많지 않고 그를 만나본 자가 적었지만, 그의 이름만큼은 모두 들어서 알 정도로 대단한 자였다.

"이런 자가 왜 장표두님을 노렸습니까?"

관표로서는 의아한 점이었다.

우운은 사도의 인물이 아니었다.

그는 섬서무림에서 명숙이라고 할 수 있는 자였다.

장충수는 잠시 생각을 하고 나서 말했다.

"그건 나도 잘 모르겠습니다. 지금 운반하는 표물 자체가 그렇게 소중한 것도 아니라서 더욱 이해를 할 수가 없습니다. 좀 전의 상황으로 보아서는 표물과 관계없이 나의 생명을 노린 것도 같고… 아무리 생각해도 이자와는 어떤 원한 관계가 없는데……."

나직하게 말하는 장충수를 보던 반고충이 말했다.

"궁금하면 이자를 깨워서 물어보면 되겠지."

"그게 가장 좋을 것 같습니다."

관표가 동조를 하며 기절해 있는 우운을 깨웠다.

정신을 차린 우운은 사방을 둘러보다가 자신의 처지를 알고 얼굴이 굳어졌다.

"네놈들은 나를 어쩔 셈이냐? 좋게 말할 때 풀어주는 것이 신상에 이로울 것이다."

그의 말을 듣고 관표가 코웃음을 치며 말했다.

"아직 상황 판단이 안 되는 모양이군. 장칠고."

"예, 촌장님."

"이자를 좀 고분고분하게 만들어 가지고 오게."

"맡겨놓으십시오."

그렇지 않아도 험한 장칠고의 얼굴이 꿈틀거리자 더욱 흉측해진다. 그 모습을 보고 불안함을 느낀 우운이 당황한 표정으로 고함을 질렀다.

"이놈들, 네놈들은 부모도 없단 말이냐? 노인에게 이렇게 무례해도 된단 말이냐?"

우운의 고함을 듣고 장칠고가 웃으면서 대꾸하였다.

"우리 부모는 나를 죽이려 하진 않지. 그거 아무 곳에나 써먹으면 욕먹는다, 늙은이."

장칠고의 입심에 우운은 할 말이 없었다.

"자, 이제부터 나하고 오붓하게 이야기 좀 해보자고."

장칠고는 우운을 끌고 숲으로 사라졌다. 그리고 약 반 시진이 지나서야 장칠고는 다시 우운을 끌고 나타났다.

우운은 거의 사색이 되어 완전히 겁에 질려 있었다.

그의 모습을 보고 관표는 장칠고가 성공적으로 알고 싶은 것들을 알아냈다는 사실을 눈치챘다. 그러나 그럼에도 얼굴이 편치 않은 장칠고를 보고 좋지 않은 사연이 있다는 것도 알았다.

장칠고는 우운을 끌고 와 관표와 장충수를 보면서 말했다.

"장 표두님께선 직접 들어보셔야 할 것 같습니다."

모든 시선이 우운에게 몰렸다.

장칠고는 우운을 노려보면서 말했다.

"조금 전에 나에게 한 말을 그대로 말해라! 만약 허튼짓을 하면 나의 손속을 다시 한 번 원망하게 될 것이다."

장칠고의 협박에 우운의 얼굴은 파랗게 질려갔다.

그 모습만 보아도 얼마나 지독하게 당했는지 능히 짐작이 갈 정도였다.

"장 표두님을 죽이라고 한 자가 누구냐?"

장칠고의 단호한 말에 우운은 포기했다는 표정으로 순순히 말을 하였다.

"금룡검(金龍劍) 정이수요."

우운의 말을 들은 장충수의 표정이 참담하게 일그러졌다.

그는 우운의 멱살을 잡아 일으키며 고함을 질렀다.

"정말인가? 정말 정 국주가 나를 죽이라고 했는가?"

"그, 그렇다."

"왜지?"

우운의 얼굴에 망설이는 표정이 떠올랐다.

그것을 본 장칠고가 옆에서 호통을 친다.

"아직도 부족한가? 나도 나이 든 노인을 괴롭히고 싶지 않으니 순순히 말해라!"

장칠고의 말에 질린 표정을 한 우운이 포기한 듯이 말했다.

"네가 너무 뛰어나기 때문이다."

장충수의 표정이 허탈해졌다.

"표두와 표사들이 국주인 자신보다도 너의 말을 더 믿고 따른다고 하더군. 그렇다고 공신이나 마찬가지인 너를 쫓아낼 수도 없고, 그래서 우리랑 손을 잡는 대신에 너를 죽여달라고 했다. 그리고 그 임무를 내가 맡았고."

우운은 순순히 말을 늘어놓았다.

장충수는 상당히 충격을 받은 모습이었다.

관표는 우운의 말을 들으며, 장충수가 그런 눈치 때문에 이미 표국을 나오려 했다는 사실을 알았다. 그래서 자신을 따르는 것에 머뭇거림이 없었던 것이다.

관표가 우운을 보면서 물었다.

"우리라면 누구를 말하는 것이냐? 그것을 말해라!"

관표의 말에 우운의 표정이 하얗게 질리면서 고개를 흔들었다.

"그건 말할 수 없다. 차라리 나를 죽여라!"

장칠고가 그 말을 듣고 코웃음을 치면서 말했다.

"네가 아무리 감추려 해도 내가 못 알아낼 것 같으냐?"

"네놈이 어떤 짓을 해도 그것만은 알아낼 수 없을 것이다!"

이를 악물고 말하는 우운을 보면서 장칠고가 관표를 바라보았다. 그조차도 끝내 그것만은 알아내지 못한 것이다.

그렇게 되자 관표와 장칠고는 우리라고 말한 그 단체가 더욱 궁금해졌다. 대체 어느 곳, 아니면 어떤 자들이기에 우운이 목숨을 걸고 지키려는 것일까?

관표는 잠시 생각에 잠겼다가 우운을 보면서 말했다.

"나는 그곳이 어떤 곳인지 이미 알고 있다."

관표의 태연한 말에 우운이 이를 악물고 말했다.

"네가 그곳을 어떻게 안단 말이냐? 강호상에 나타난 적도 없는 곳인데."

그 말을 들은 관표는 문득 생각나는 곳이 있었다. 혹시나 하는 마음이 있었는데, 우운의 말을 듣자 심중이 굳어졌다. 그는 태연한 표정으로 말했다.

"전륜살가림은 더 이상 비밀이 아니다."

그 말을 들은 우운의 안색이 새파랗게 질리면서 전신을 부들거리며 관표를 바라보았다.

"그, 그걸 어떻게……?"

결국 관표가 넘겨짚은 것이 맞았다는 말이었다.

이번엔 여광과 장충수가 놀라서 관표를 바라보았다. 그들도 관표가 어떻게 알았을까? 하는 표정들이었다.

관표는 가볍게 한숨을 쉬었다.

전륜살가림의 흔적이 드디어 강호무림에서도 발견된 것이다. 그리고 금룡표국의 국주가 그들에게 가담했다는 사실은 조금 충격이었다.

관표는 장충수와 여광에게 전륜살가림에 대해서 간단하게 설명해 주었다.

두 사람의 얼굴이 심각하게 굳어졌다.

관표는 전륜살가림의 이야기를 끝낸 후 장충수를 보면서 물었다.

"그건 그렇고, 어떻게 된 사연입니까? 국주가 왜 장 표두님을 노린 것입니까?"

장충수가 어두운 얼굴로 말하기 시작하였다.

그의 말을 간단하게 요약하면 이렇다.

금룡표국의 국주인 정환은 협을 알고 사람이 좋아 주변에 사람이 많고, 무공 또한 뛰어나 장충수도 그를 충심으로 따랐었다.

자식이 없는 정환은 장충수를 양아들처럼 여기며 보살펴 주었다. 그래서 장충수도 정환의 말이라면 물불을 가리지 않을 정도로 충성을 하였고, 그의 실력은 워낙 출중해서 정환의 마음을 흡족하게 해주었다.

정환은 공공연한 자리에서 금룡표국의 다음 국주는 장충수라고 말할 정도로 그를 아끼고 진심으로 대했다. 그런 정환에게는 동생이 한 명 있었는데, 그는 정환의 뛰어남과는 조금 거리가 있는 인물이었다.

사람이 소인배라 귀가 얇고, 여색을 탐해서 정환의 눈 밖에 나 있었다. 그가 바로 현 국주인 정이수였다. 그런데 어느 날 정환이 감숙으로 표행을 갔다가 표물이 털린 채 죽고 말았다.

갑작스런 죽음으로 인해 금룡표국의 후계자가 정해지지 못했다. 그렇게 되자 표국의 인물들은 국주의 친동생인 정이수를 따르는 자들과 총표두인 장충수를 따르는 사람들로 이분되었다.

물론 장충수를 따르는 사람들이 더 많았다. 그러나 장충수는 그 부분에 대해서는 확고한 신념이 있었다.

당연히 국주의 친혈육인 정이수가 국주 자리에 올라야 한다고 생각했던 것이다. 그래서 장충수의 양보로 정이수가 국주의 자리에 올랐다.

국주가 된 정이수는 스스로 아호를 금룡검이라 짓고, 금룡표국을 새롭게 정비하기 시작했다. 그리고 일단 국주가 된 정이수는 국주에 오르기 전까지 많은 양보를 해준 장충수에게 고마워하던 자세를 완전히 바꾸었다.

그는 장충수를 철저히 경계하기 시작하였고, 그를 따르던 표사나 표두들을 노골적으로 무시하고 따돌리기 시작했다. 그렇게 갈등이 생기면서 둘 사이는 점점 멀어져 갔다. 그러나 정이수도 함부로 장충수를 어쩌진 못했다. 그러기엔 장충수를 따르는 표두들이나 표사들이 너무 많았고, 장충수의 무공도 자신보다 더욱 높았던 것이다.

장충수는 근래 들어 국주와의 사이가 더욱 나빠지기 전에 자신 스스로 금룡표국을 떠날 생각을 하던 중이었다.

第七章
속인 것이 아니라
다른 사람이 스스로 속은 것이다

장충수의 이야기를 듣고 난 관표는 한숨을 내쉬었다.

여광은 의형의 이야기를 듣고 씁쓸하게 웃으면서 말했다.

"나도 형님에게 그런 고충이 있는 줄은 몰랐습니다. 이전의 국주님은 정말 좋은 분이었는데……."

여광도 금룡표국의 전 국주인 정환을 잘 아는 듯하였다.

"그랬지. 지금의 국주가 전의 정환 국주님의 일 할이라도 닮았으면 좋았을 것을. 그랬다면 최소한 전륜살가림 같은 곳과 손을 잡는 바보 같은 짓은 하지 않았을 텐데……."

장충수가 안타까워하는 모습을 보면서 관표는 가볍게 한숨을 내쉬었다. 무엇보다도 전륜살가림의 세력이 중원무림에 뿌리를 내리고 있다는 사실을 안 것이 마음에 크게 걸렸다.

떠난 사람들을 기다리는 모과산의 수유촌은 겉으로 보아선 더없이 활기에 넘치고 있었다.

모든 녹림도원의 제자들은 동이 트기 전에 아침 식사를 끝내고 일을 시작하였다. 그들은 태생이 거친 도적들이기 이전에 거의 모두가 농부였던 자들이다. 그래서 수유촌 사람들과 동화되어 일하는 것이 나름대로 능숙한 편이었다.

반대로 과문과 함께 온 철기대의 대원들은 일을 해본 적이 없던 사람들인지라 처음엔 조금 어색한 면도 있었다.

실제 과문의 수하들과 처음부터 녹림도원의 형제들이었던 무리들과는 조금씩 격리되어 보이는 면이 있었다. 아직은 완전히 융합을 이루지 못하고 있었던 것이다. 그렇지만 서로 땀을 흘리고 일을 하는 과정에서 그들은 서로 상대에게 마음을 열어가고 있었다.

녹림도원의 형제들은 관표가 미리 지시한 대로 먼저 많은 사람들이 기거할 임시 막사와 식량 창고를 짓기 시작하였고, 일부는 마을 밖을 돌면서 외부로부터 철저하게 마을을 경계하였다.

관표는 백골노조와의 일이 해결된 후, 본격적으로 녹림도원의 형제들을 늘릴 생각을 하고 있었기에 그것에 대비해서 임시 막사를 지으라고 지시를 한 것이다.

막사에 필요한 자재들을 구입해서 오는 시간과 인력이 상당하게 들었지만, 그 부분을 책임지고 있던 과문은 차질없이 그 일을 해내고 있었다. 이젠 움직이는 데 큰 불편함이 없는 조공도 천천히 마을을 돌면서 자신의 몸을 활성화시키고 있었다.

관표의 집.

소소가 밥을 짓고 있었다. 그녀는 불을 때고 나물을 볶는 일을 직접 하고 있었다.

그런 그녀를 관표의 두 여동생이 돕고 있었는데, 그녀들은 백리소소처럼 아름다운 여자가 밥 짓는 것도 무척 능숙하게 잘하자 더욱 놀라고 감탄하며 말했다.

"언니는 정말 뭐든지 잘하세요."

관요가 부럽다는 표정으로 말하자 백리소소가 웃으면서 대답하였다.

"아가씨도 좋아하는 사람이 생긴다면 저절로 하게 된답니다."

관요의 눈이 빛났다.

"정말 그럴까요?"

그 모습이 참으로 귀엽다.

백리소소는 자신도 모르게 웃으면서 말했다.

"그럼요. 자신이 손수 만든 밥을 먹는 사랑하는 사람의 모습을 생각해 보세요. 생각만 해도 행복해진답니다."

백리소소의 말을 들은 관요의 얼굴이 붉어졌다.

그녀의 모습을 보고 백리소소와 관소가 까르르 웃는다.

백리소소는 즐겁고 행복했다.

이렇게 마음 놓고 웃어본 것이 얼마 만인지 모른다.

같은 친혈육조차 믿지 못하고 경계해야 했던 백리세가에서의 아픔이 조금씩 가시는 느낌이었다.

이때 밖에서 굵은 남자의 목소리가 그녀들의 웃음을 멈추게 하였다.

"형수님께 전할 말이 있습니다."

백리소소는 밖에서 들려온 목소리가 풍운대 대주인 철우란 것을 알고 부엌문을 열며 밖으로 나왔다.

철우는 백리소소를 보자 얼른 예를 갖추며 말했다.

"수유촌 밖에 지금 손님이 와 계십니다."

백리소소가 놀란 목소리로 물었다.

"나를 찾아온 손님인가요?"

"그렇습니다. 분명히 형수님을 찾는 것 같습니다."

백리소소는 가슴이 덜컥하는 기분이었다.

자신을 아는 사람이 나타나리란 생각은 하지 못했던 것이다.

"그 사람이 제 이름을 말하던가요?"

"그건 아니고, 인상착의를 말하는 것이 분명히 형수님을 말하는 것 같았습니다. 상대가 정중했고, 형수님의 손님인 것 같아 저희도 함부로 하지 못하고, 일단 마을 밖 초소 앞에서 잠시 기다리라고 한 다음 달려온 것입니다."

"온 사람의 인상착의는 어떤가요?"

"젊은 분이었습니다."

백리소소는 더 이상 묻지 않고 관소와 관요를 보면서 말했다.

"잠시 다녀오겠습니다. 나머지는 두 분 아가씨께 부탁드립니다."

관소가 조금 궁금한 표정으로 대답하였다.

"언니, 여긴 걱정 말고 다녀오세요."

백리소소가 생긋 웃고는 앞장서서 걸음을 옮겼다.

마을 앞에 임시로 초소가 만들어져 있고, 이 허름한 건물 앞에 지금 서너 명의 남자들이 서 있었다.

그들 중엔 금강마인 대과령과 자운이 포함되어 있었다. 그리고 그들의 앞에는 두 명의 남자가 서 있었는데, 그중 한 명은 수려한 이목구비와 날카로운 검미가 인상 깊은 청년이었다.

육 척에 달하는 후리후리한 키.

그리고 유난히 커 보이는 주먹은 누가 봐도 잊지 못할 만한 특징이었다. 그리고 그 옆의 남자는 복면을 하고 있어서 얼굴을 볼 수가 없었다.

그는 바로 뇌정권 묵호였다.

관표만 아니었으면 백리소소와 혼인했을지도 모르는 백호궁의 소궁주.

강호무림에서도 가장 무공이 강하다는 십이대초인. 그리고 그중에서도 가장 강한 무인이라는 천군삼성 중 전왕(戰王) 묵치(墨治)가 바로 그의 할아버지였다.

자운은 묵호를 보면서 끓어오르는 전의를 속으로 삼키느라 끊임없이 노력하는 중이었다.

덤벼서 자웅을 겨뤄보고 싶었다. 그러나 그의 본능은 아직 자신의 실력이 부족하다고 말한다. 그래서 더욱 강한 호승심이 일어났지만, 참고 또 참아내는 중이었다.

'대체 누굴까?'

자운은 상대의 정체가 궁금했다. 그리고 저 정도의 청년 고수가 직접 찾아온 소소의 정체 역시 궁금했지만, 함부로 물어볼 수 없는 노릇이었다.

이미 녹림도원의 형제들이 어디서 온 누구냐고 수차례 물었지만, 눈앞의 청년은 그 대답을 교묘하게 피해갔다. 실제 백호궁과 간접적인 연관이 있었던 대과령도 묵호를 알아보지 못하고 있었다.

철기보가 바로 백호궁의 섬서 분타 노릇을 하고 있었지만, 묵호를 직접 볼 기회는 없었던 것이다.

대과령과 자운이 묵호에게 놀랐듯이 묵호는 대과령과 자운을 보면서 상당히 놀라고 있었다.

대과령이 녹림왕의 수하가 되었다는 사실은 이미 보고를 받아 알고 있었다. 묵호는 이곳에 와서 대과령을 보고서야 이곳이 녹림왕 관표의 거처란 것을 짐작할 수 있었다. 그리고 백리소소가 말한 남자가 바로 관표란 사실 또한 알 수 있었다.

이것이 묵호의 자존심을 더욱 상하게 만들었다.

겨우 도적의 수괴에게 여자를 빼앗겼다는 생각에 불같이 일어나는 분노를 참기 어려웠던 것이다. 그리고 겨우 도적에게 마음을 준 백리소소에 대한 실망감은 그를 더욱 참담하게 만들었다.

생각 같아서는 당장에 관표의 수하들을 쳐죽이고 백리소소를 데려가고 싶은 마음이었지만, 겨우 참아내었다.

먼저 백리소소를 만나서 조금 더 자세하게 물어본 다음 행동을 하려는 생각이었다. 다시 생각해 보아도 백리소소가 관표 따위에게 마음을 주었다는 사실을 믿을 수 없었다.

강제로 납치되었거나, 어쩔 수 없는 사정이 있어서 강제로 관표를 따르고 있을 것이라 믿었다. 만약에 정말 그렇다면, 묵호는 수유촌에 있는 생물이라면 강아지 한 마리도 살려놓지 않겠다고 맹세를 하였다. 그리고 그는 분명히 자신의 생각이 맞을 것이라고 생각하였다. 그렇지 않다면 백리소소 같은 여자가 관표와 함께 있을 이유가 없었다.

그로선 관표와 비견된다는 사실조차 자존심이 상했다.

백리소소가 사랑한다고 말한 남자가 관표란 사실도 믿을 수 없었다. 그래서 먼저 백리소소를 만나보고 싶었고, 그녀가 수유촌에서 자유로운지도 알고 싶었다. 그렇게 생각하고 일단 정중하게 수유촌—묵호 일행은 아직 녹림도원이란 이름을 모른다—을 찾은 묵호였다.

그런데 막상 찾아와서 관표의 수하들을 본 묵호는 상당히 놀라고 있었다. 대과령도 대과령이지만, 전혀 이름과 출신 성분을 알 수 없는 자운의 기도가 대과령보다 더욱 무섭다.

그의 투지가 자신을 향해 맹렬하게 끓어오르고 있다는 것을 느끼고 있을 정도였다. 자신 스스로도 한 번 겨루어보고 싶은 마음이 생길 정도로 자운의 기도는 출중했다.

강호십준이라고 말하는 청년 고수들 몇 명을 만나보았지만, 그들의 실력과는 분명히 수준이 다른 기도였다.

백리세가의 소가주나 자신의 동생을 제외하면, 젊은 고수들 중에서 자신의 투쟁심을 끌어낸 자가 아직까지 단 한 명도 없었다.

그런 면에서 무명의 자운에게 놀라지 않을 수 없었다.

'이런 산골에 저런 자가 있다니. 녹림왕, 제법이구나.'

묵호는 강한 호기심이 이는 것을 느꼈다.

관표가 어떤 인물인지 확실히는 모르지만, 생각 외로 만만치 않을 거란 생각이 들었다.

소문만큼은 아니더라도 제법 실력이 있을지도 모른다고 인정을 하였다. 그렇다고 관표를 자신의 적수로 생각하진 않았다. 그렇게 생각하기엔 그의 자부심이 너무 대단했고, 그가 소궁주로 있는 백호궁은 너무 강했다.

그래서 묵호는 아주 경시할 순 없다고 생각하는 정도였다.

그 외에 묵호가 살펴본 결과로, 산골 촌마을에 있는 장정들 무공이 그의 상상을 훨씬 상회하고 있었다.

비록 백호궁의 무사들이나 명문파의 제자들 수준하고 비교할 순 없지만, 아주 뒤떨어지지도 않을 것 같았다.

묵호가 조금 지루하다는 생각을 할 때, 철우를 대동한 백리소소가 나타났다.

무명옷을 입고 있었지만 그녀의 미모는 주변을 환하게 만든다.

묵호는 백리소소의 맨 얼굴을 처음 보는 것이었지만, 그녀를 한눈에 알아볼 수 있었다.

반갑고 가슴이 두근거리는 것을 느꼈다.

겨우 그 기분을 참아내고 나니 이번엔 새로운 감정이 찾아온다.

그 기분으로 인해 묵호의 안색이 어두워졌다.

평소 자신을 만났을 땐 언제나 면사로 얼굴을 가리고 있던 그녀였다. 그런 백리소소가 면사를 벗고, 일반 백성들이나 입는 무명옷을 입은 채 나타났다.

이것을 어떻게 받아들여야 할지 당황스러웠다.

무엇보다도 그녀는 행복해 보였다.

자신을 만나면서 단 한 번도 보여주지 않았던 모습이었다.

묵호는 질투가 불같이 일어나는 것을 느끼고 그것을 가라앉히기 위해 심호흡을 해야 했다.

어떤 믿어지지 않는 불안한 마음이 자꾸 일어난다.

'설마 그렇진 않겠지.'

스스로를 달래며 묵호는 백리소소를 향해 반가운 표정으로 말했다.

"오랜만에 뵙습니다, 소소 낭자."

백리소소가 웃으면서 역시 마주 인사를 하며 말했다.

"오랜만에 뵙습니다. 그런데 여긴 어인 일이신지요?"

그녀의 가벼운 물음에 묵호는 다시 서운한 감정이 드는 것을 느꼈다.

마치 왜 왔냐고 나무라는 투로 들렸던 것이다.

그 말이 그렇게 서운하게 들린다.

"내가 여기에 온 것은……."

"잠시만 기다려 주십시오."

백리소소는 묵호의 말을 막은 후, 대과령과 자운 등을 돌아보고 말했다.

"제 가족과 연관이 있는 분이십니다. 아마도 제가 걱정되어서 오신 것 같습니다. 잠시 이분들과 이야기 좀 하고 오겠습니다."

자운과 대과령이 괜찮겠냐는 표정으로 백리소소를 보자, 백리소소는 미소로 대답을 대신하고 묵호와 함께 길을 따라 걷기 시작했다.

앞장을 서서 걷고 있는 백리소소의 모습은 다소곳했지만, 어떤 단호함 같은 것이 어려 있었다.

묵호는 그 기세에 압도당하는 기분이었다.

어떤 고수 앞에서도 위축되지 않았던 묵호가 어린 백리소소의 단순한 분위기에 위축된 것이다.

말을 걸면 안 될 것 같은 분위기라 묵호와 복면인은 숨을 죽인 채 그 뒤를 따르기만 하였다.

분위기 하나로 절대고수인 묵호를 다루는 그녀의 모습은 새삼 놀랍기도 했지만, 더욱 신선한 매력으로 빛나고 있었다.

묵호는 스스로 당하는 처지이면서도 그 매력 앞에 힘을 쓰지 못하고 있었다.

그렇게 반 각 정도를 걸어 어느 정도 외진 곳까지 오자 백리소소가 묵호를 향해 돌아섰다.

"여길 어떻게 찾으셨나요?"

묵호의 안색이 가볍게 굳어졌다.

첫 물음이 마음에 들지 않았다. 그러나 대답을 안 할 순 없었다.

"어쩌다 보니 찾을 수 있었습니다. 굳이 소소 낭자가 아니라도 녹림왕 관표는 전 무림의 표적이 되어 있습니다."

표적이라는 말에 힘을 주면서 이곳이 위험하다는 사실을 백리소소에게 전하려 하였다. 그러나 백리소소는 그의 노력을 간단하게 무시하며 말했다.

"좋아요. 어떻게 나를 찾았는지는 묻지 않겠습니다. 먼저 제 비밀을 지켜주신 것에 감사를 드립니다."

백리소소의 말에 묵호는 다시 한 번 흠칫하였다.

비밀을 지켜주고 싶어서라기보다는, 그들이 아직 백리소소의 정체를 모르고 있는 것 같아 말하지 않았을 뿐이다.

그것이 작더라도 백리소소에게 호감을 주었다면 그것도 좋은 일이었다.

"그들도 모르는 것 같아 말하지 않았을 뿐이오."

"결과적으로는 저의 비밀을 지켜준 셈입니다. 그 점을 다시 한 번 감사드립니다. 그리고 묵 공자님께 부탁이 있습니다."

묵호가 백리소소를 본다.

"오늘 이후로 저를 찾지 말아주십시오. 그리고 제가 여기 있다는 것을 그 누구에게도 말하지 말아주셨으면 합니다. 묵 공자님과 저는 인연이 없는 것 같습니다."

묵호의 표정이 딱딱하게 굳어졌다.

백리소소의 말은 받아들일 수 없는 말이었다. 다른 것은 다 받아들일 수 있지만, 다시 찾지 말라는 말과 인연이 없다는 말은 인정할 수 없었다.

그녀를 잊고 삭여내기엔 그의 감정이 너무 깊었고, 자존심이 너무 상한다. 겨우 산 도적 따위에게 사랑하는 여자를 빼앗긴다는 것은 있을 수 없는 일이었다.

"그렇게는 할 수 없습니다. 나는 엄연히 양가 어른들이 약속한 당신의 약혼자입니다."

"나의 뜻은 아니었습니다. 나는 이미 여기서 나의 부군을 만났고, 나는 그분을 사랑합니다. 그리고 일생 동안 지금처럼 행복한 적이 없었습니다."

묵호는 그 말에 큰 충격을 받았지만 의연한 표정을 잃지 않고 백리소소를 바라보며 말했다.

"그자가 녹림왕 관표란 자입니까?"

백리소소가 미소를 지으며 당당하게 말했다.

"맞아요. 밖에서는 그렇게 부르나 봅니다."

묵호는 자신도 모르게 두 주먹에 힘이 들어가는 느꼈지만, 스스로를 자제하며 담담한 표정으로 백리소소를 설득하려 하였다.

"가당치도 않은 일입니다. 관표는 산 도적입니다. 낭자의 가문은 정파의 태두라 할 수 있는 백리세가입니다. 세상이 비웃을 것입니다."

"틀에 맞춘 이야기는 하지 마세요. 나는 나일 뿐입니다. 누가 뭐라고 해도 누군가를 사랑하고, 세상을 살아가는 것은 내 스스로 할 뿐입니다. 그리고 지금 나는 나의 의지로 내가 사랑하는 사람을 따를 뿐입니다. 그분이 무얼 하든, 어떤 사람이든 그것은 나의 운명일 뿐입니다. 그리고 그 결과가 나쁘다면 그 역시 나의 탓일 뿐입니다."

백리소소의 말은 다시 한 번 묵호의 가슴에 큰 상처를 만들었다. 그러나 그의 표정은 조금도 흔들리지 않았다.

강호제일공자란 말은 결코 헛소문이 아닌 것이다. 그러나 그런 묵호를 보는 백리소소의 표정 역시 흔들림이 없었다.

"그건 이상일 뿐입니다. 이제 현실적인 문제가 대두되면……."

"단언하건대……."

그녀의 표정이 엄숙해지며 묵호의 말을 중간에서 끊었다.

그녀의 몸에서 다시금 상대를 압도하는 기세가 뿜어져 나왔다.

그러나 이번엔 그것을 받아내는 묵호의 기세도 만만치 않았다.

이제까지 백리소소를 사랑하는 마음 때문에 그녀에게 많은 양보를 했지만, 이젠 더 이상 양보만 하지 않겠다는 의지가 그의 모습에 떠올라 있었다.

백리소소는 묵호의 기세와 표정을 보고 자신의 생각을 정리하였다.

'여기서 꺾어놓지 않으면 앞으로 포기하지 않을 것 같구나.'

그녀는 속으로 결심을 하곤 자신의 기세를 감추지 않았다.

더군다나 자신이 사랑하는 사람을 우습게 보는 묵호를 용서할 수 없었다.

묵호는 그녀에게 이런 모습이 있을 줄은 전혀 생각해 본 적이 없었다. 그녀는 언제나 여리고 보호해 주어야 할 상대였다.

생소한 백리소소의 모습은 또 다른 매력으로 묵호의 마음을 사로잡고 있었다. 그러나 그녀의 입에서 나온 말은 그가 바라는 것과는 상당히 거리가 있었다.

"누구든지 나와 그분에게 해를 가하는 자가 있다면, 절대로 용서하지 않을 것입니다."

그녀의 단호한 말을 들은 묵호의 표정은 오히려 더욱 담담해졌다. 그리고 그는 어떤 결심을 굳혔다.

누구에게도 백리소소를 양보할 수 없다는 것이었다.

안 되면 힘으로라도 차지하리라 결심하였다. 어차피 관표란 자가 산적이고 보면, 자신의 일이 정당성을 지닐 것이라고 스스로를 위로하면서.

"그렇게 할 수 없습니다."

묵호 역시 단호했다.

묵호는 의지가 강한 목소리로 말을 이었다.

"강제로라도 낭자를 데려가야겠습니다. 어떤 자에게도 양보할 수 없을 만큼 나는 당신을 사랑합니다. 더군다나 산적 따위에게 양보할 수는 없습니다."

"산적 따위라니! 그분을 함부로 말하지 마세요. 그리고 강제로라니, 그게 가능하다고 생각합니까? 무엇보다도 장부답지 않군요, 남의 여자를 탐하다니."

"그런 것은 나중에 따지기로 하겠습니다. 그리고 지금 여긴 나와 낭자만 있습니다. 그리고 설혹 아까 그 산적의 잔당들이 여기 있다 해도 나를 막을 순 없을 것입니다. 그리고 내가 그들을 죽인다고 해서 누가 뭐랄 사람도 없습니다."

백리소소가 수려한 눈으로 묵호를 보며 말했다.

"아직 누구에게도 진 적이 없지요?"

"그렇소. 본인 묵호는 나름대로 무공을 완성한 후, 아직 무로 겨루어 누구에게도 진 적이 없소."

"오만하군요."

"오만이 아니라 자신감일 뿐이오."

백리소소의 목소리는 점점 차갑게 변하고 있었다.

"그러니까 그 무공으로 지금 여기서 나를 납치할 수도 있다는 말인가요?"

"그렇습니다. 나는 반드시 소소 낭자를 여기서 데려갈 것입니다. 그리고 낭자를 기만한 그자에게 넘봐선 안 될 여자를 넘본 대가를 치르게 하겠습니다."

"그건 어려울 것입니다."

"무엇이 어렵단 말이오?"

"묵 공자님의 실력으론 그분은 물론이고, 나조차 이기기 어렵다는 말입니다."

백리소소는 아직 관표의 무공 수준을 제대로 알지 못했다. 그러나 그렇게 말함으로써 관표의 무공을 우습게 아는 묵호를 욕한 것이고, 다음부터라도 관표를 우습게 알지 못하게 하려는 뜻이 포함되어 있었다.

백리소소의 말에 묵호는 어이없는 표정으로 그녀를 보았다.

그로서는 전혀 상상할 수도 없었던 말을 들은 것이다.

물론 그는 자신의 무공이 백리소소는 물론이고 관표에게도 뒤진다는 생각은 해본 적이 없었고, 그런 일은 있을 수도 없다고 생각했다.

"낭자는 지금 스스로 나와 겨루어보겠다는 말이오?"

"안 되나요? 물론 당신은 나의 적수가 되지 못하겠지만."

백리소소의 얼굴은 그것이 당연하다는 표정이었다.

묵호는 가볍게 숨을 몰아쉬었다.

그는 백리소소가 무공을 배웠다는 말은 들은 적이 없었다.

"무공을 할 줄은 몰랐습니다. 모든 사람을 속였군요."

"속인 적은 없어요. 단지 말을 하지 않았을 뿐입니다."

"무공을 모르는 척한 것은 속인 것입니다."

"그럼 내가 속인 것이 아니라, 다른 사람이 스스로 속았을 뿐입니다."

백리소소가 당당하게 말했다.

第八章

머리를 조심하세요

묵호는 백리소소의 당당함에 잠시 심호흡을 한 다음, 피식 웃으며
대답하였다.

"나는 아직 소소 낭자에 대해서 알아야 할 것이 많은 것 같습니다."

"오늘이 지나면 조금 더 알겠지요. 그보다 겨루기 전에 먼저 부탁할
것이 있습니다."

"말해 보시오."

"내가 이긴다면, 백호궁이나 묵 공자님이 녹림도원을 공격하는 것을
삼 년만 연기해 주셨으면 합니다. 그리고 나에 대한 것은 누구에게도
일체 비밀로 해주셨으면 합니다. 내가 여기 있다는 것도, 무공을 한다
는 것도."

"삼 년이라! 그렇게 하겠습니다. 대신 내가 이기면 나와 함께 여기

를 떠난다고 약속해 주십시오."

"그렇게 하죠. 하지만 여기를 떠나는 것뿐입니다. 그 이상은 기대하지 마세요."

대답을 하는 백리소소의 표정은 담담했다.

묵호는 일단 그것만으로도 만족할 수 있을 것 같았다. 그 다음엔 새로 방법이 있을 것이라 생각했다. 그러나 마음에 걸리는 것이 있다면, 백리소소의 담담함 속에 숨은 자신감이었다.

그 자신감이 어디서 나오는 것인지 궁금했다.

'설마 나의 무공을 쉽게 생각하는 것인가? 아니면 정말 나를 이길 수 있다고 생각하는 것인가?'

문득 그런 생각까지 들 정도였다. 그러나 그것은 불가능한 일이라고 생각했다. 세상을 속이고 백리소소가 무공을 배웠을지 모르지만, 그리고 그 무공이 얼마나 대단할진 모르지만 이미 십이대초인의 후예들 중에서도 일, 이위를 다투는 묵호였다.

백리소소가 자신을 이기기란 불가능한 일이었다.

묵호는 마음을 다스리며 물었다.

"여기서 겨루겠습니까?"

"그럴 수야 없죠."

백리소소가 신형을 날렸다.

그녀의 날렵한 신법을 본 묵호의 안색이 변했다.

표홀하면서도 현기가 느껴지는 신법이었다.

'신법만으로는 나와 견줄 만하다.'

묵호는 그녀의 신법에 감탄하며 백호궁의 절기인 백호사상신법(白虎

四相神法)을 펼쳐 그녀의 뒤를 따랐다.

공터.

제법 넓은 공터에서 두 남녀는 이 장의 거리를 두고 마주 보고 서 있었다.

묵호는 두 주먹을 들어올리며 말했다.

"나의 뇌정권은 무정합니다. 소소 낭자는 조심하십시오."

백리소소가 입가에 엷은 미소를 지으며 말했다.

"나의 머리를 조심하세요."

그 말을 들은 묵호는 고개를 끄덕였다.

그녀의 지혜는 이미 정평이 나 있었고, 묵호도 그녀의 재치나 지혜로움에 여러 번 감탄한 적이 있었다.

능히 재녀라 할 만하였고, 무림맹이 만들어진다면 군사 자리를 주어도 모자라지 않는 그녀였다. 비록 무공에서 자신보다 뒤질지는 몰라도 재치와 무공의 응용 면에선 자신보다 위일 수 있을 것이다.

묵호는 그녀가 말하는 머리를 그렇게 해석하였다.

모자라는 실력을 지혜로 보충하겠다고.

'어떤 잔머리를 굴려도 내겐 힘들 거외다.'

묵호는 절대로 그녀의 잔꾀에 속지 않겠다고 다짐하면서 백호궁의 절기인 백호금강타(白虎金剛打)를 펼칠 준비를 하였다.

백호금강타는 천군삼성 중 한 명인 전왕 묵치가 강호무림을 종횡할 때 사용하던 무공이었다.

권, 장, 지, 팔꿈치, 발, 무릎, 머리를 사용해서 상대를 공격하는 이

타법은 백타와 기공이 절묘하게 합해진 무공으로, 백호궁 내에서도 가장 유명한 절기 중 하나였다.

신체의 일곱 군데를 사용한다고 해서 칠기격타신공(七氣擊打神功)이라고도 불리는 무공이었다. 백리소소는 묵호의 자세를 보고 그가 펼치려는 무공이 무엇인지 알았다.

백리소소는 오른발을 반보 정도 앞으로 놓으며 두 손을 들어올렸다.

묵호는 그 자세를 보고 그것이 백리세가의 절기인 태환장권십이식(太幻掌拳十二式)의 기수식임을 알았다.

북궁남가로 통칭되는 양대 문파의 절기가 처음으로 충돌하기 직전이었다. 그러나 백호궁은 권으로 일어선 문파였고, 백리세가는 검으로 일어선 가문이었다.

아무래도 같은 권공이라면 백리세가가 불리할 수밖에 없을 것이다. 그럼에도 백리소소의 표정은 흔들림이 없었다.

백리소소처럼 지혜로운 여자가 준비했다면, 결코 가볍게 볼 수 없는 무엇인가가 있을 것이다.

묵호는 그렇게 생각하며 백리소소에게 말했다.

"먼저 공격하시오. 일단 한 수는 양보하리다."

백리소소는 그 말을 듣고 빙긋이 웃더니 왼발을 일보 앞으로 디뎠다. 그런데 바로 그 순간이었다.

갑자기 백리소소의 신형이 쭈욱 늘어나는 것처럼 밀려오면서 바로 묵호의 두 치 앞까지 다가왔다. 동시에 백리소소의 주먹이 앞으로 곧게 뻗어 나왔다.

묵호는 그 빠르기에 기겁을 하면서 오른 손바닥으로 백리소소의 주먹을 받아내었다.

탁! 하는 소리가 들리며 소소의 주먹이 묵호의 손바닥을 툭 치고 돌아갔다. 전혀 힘이 실리지 않은 주먹에 묵호는 어리둥절한 표정으로 백리소소를 바라보았다.

그녀는 어느새 제자리로 돌아가 있었다.

"이제 한 수를 썼으니 조심하세요."

그녀의 담담한 목소리를 듣고서야 묵호는 그녀가 자신이 양보한 한 수를 그렇게 사용했다는 것을 알았다.

이제 그녀를 얕보던 마음은 사라졌다.

묵호뿐이 아니라 두 사람의 대결을 지켜보던 복면인 또한 크게 놀라서 새롭게 백리소소를 바라본다.

묵호는 마른침을 삼키며 말했다.

"확실히 세상은 넓은 모양입니다. 나와 겨룰 수 있는 여자라면 무후천마녀뿐이라 생각했습니다. 내 이제부터 소소 낭자를 가볍게 보지 않겠습니다. 그런데 조금 전 사용한 신법이 무엇입니까?"

"제 사부님께 배운 무공입니다."

묵호는 더 묻지 않았다.

사부가 누구냐고 묻기엔 지금 두 사람 사이가 별로 좋지 않았던 것이다.

'방심해선 망신당하겠다.'

묵호는 마음을 다지며 다시 한 번 백호금강타의 기수식을 취하며 말했다.

"그럼 이번엔 내가 먼저 공격합니다."

말이 끝났다 싶은 순간 묵호의 신형이 앞으로 치고 나가며 백리소소를 향해 빠르게 접근하여 갔다. 그리고 그의 신체가 약간 앞으로 숙여지면서 주먹으로 그녀의 옆구리를 쳐갔다.

짧게 끊어 치는 그의 주먹은 군더더기가 전혀 없었을 뿐만 아니라, 피하기에도 쉽지 않은 각도였다. 그러나 백리소소의 몸은 안개처럼 흩어지면서 옆으로 흐르듯이 묵호의 주먹을 피했다.

그뿐이 아니었다.

피했다 싶은 순간 그녀의 두 주먹이 묵호의 옆얼굴을 향해 연타로 쳐오는데, 그 빠르기는 지켜보는 복면인의 시선이 좇아가지 못할 정도로 빨랐다.

보는 것만으로도 복면인은 식은땀이 흐를 정도로 전율이 일어난다. 그녀의 신기한 보법도 놀랍지만, 단순한 주먹치기의 빠름과 날카로움은 상상을 넘어섰던 것이다.

은하수리보법에 이은 연환성권(連環星拳)의 조합은 거의 완벽에 가까웠다.

묵호 역시 놀랐지만, 그것은 어디까지나 그때뿐이었다.

백리소소의 공격에 대응하는 묵호의 동작 역시 그녀에 못지않게 빨랐다.

돌격해 온 묵호의 신형이 거짓말처럼 멈추며 백리소소를 향해 돌아섰다. 동시에 그의 두 팔이 그녀의 주먹을 빠르게 막아내었다.

막고 치는 두 사람의 동작은 눈에 보이지도 않을 정도였다.

두 사람의 간격은 불과 두 치.

서로의 심장 소리까지 들릴 정도로 가까운 거리였지만, 그 이상 가까워지지도 멀어지지도 않는다.

백리소소의 주먹을 십여 차례 막아낸 묵호가 갑자기 두 팔을 내리며 몸을 뒤로 젖혔다.

자연스럽게 백리소소의 공격을 흘려보낸 묵호는 그 자세에서 무릎으로 백리소소의 복부를 쳐올렸다.

갑작스런 공격의 변환이었지만, 백리소소는 침착하게 은하수리보법을 펼쳐 뒤로 물러서며 그의 공격을 피해냈다. 그러나 묵호는 백리소소가 피하는 것을 그대로 두고 보지 않았다.

젖혔던 허리를 탄력있게 앞으로 쳐올리며 백호군림보법(白虎君臨步法)으로 다시 그녀에게 돌진해 들어갔다.

그 속도가 믿을 수 없을 만큼 빨라, 무릎으로 치고 허리를 편 다음 다시 돌진하는 모든 동작이 단 한 번에 이루어진 것 같았다. 그러나 백리소소는 조금도 당황하지 않고 오른손 중지를 꼿꼿하게 편 다음 돌진해 오는 묵호의 눈을 찔러갔다.

태환장권십이식의 일지선이란 무공이었다.

백리소소의 일지선이 묵호의 눈을 찌르려는 찰나, 묵호의 손이 짧게 반원을 그리며 그녀의 손을 쳐냈고, 묵호는 그대로 전진하며 머리로 그녀의 머리를 쳐갔다.

백호금강타의 금강탄두(金剛彈頭)의 초식이었다.

묵호는 자신이 머리로 공격을 하면, 당연히 백리소소가 다시 뒤로 물러서며 피할 거라고 생각했다. 그때를 이용해서 연환 공격으로 몰아붙이면서 기회를 보아 자신의 뇌정권을 쓰면 충분히 이길 수 있을 거란 판단도 하였다. 그러나 백리소소는 물러서지 않았다.

머리로 공격해 오는 묵호를 향해 그녀도 머리로 쳐온 것이다.

이것은 묵호나 복면인이나 전혀 상상하지 못했던 일이었다.

복면인이 '억' 하는 반 비명을 지를 때, 퍽! 하는 소리가 들렸다. 물론 복면인이 비명을 지른 것은 백리소소가 혹시라도 크게 다칠까 봐 걱정이 되어서였다. 그런데 그의 비명이 끝나기도 전에 두 사람의 이마가 충돌하였고, 묵호의 신형이 그대로 고꾸라진다.

복면인은 너무 놀라서 그저 멍하니 바라만 보고 있었다.

완전히 기절해 있는 묵호를 백리소소는 묵묵히 내려다보다가 복면인을 보고 말했다.

"남아일언 중천금이라고 전해주세요."

그 말을 남기고 백리소소는 사라졌다.

복면인은 아직도 믿을 수 없다는 시선으로 백리소소가 사라진 쪽을 멍하니 바라보고만 있었다.

그녀가 묵호를 이긴 의미는 상당히 컸다.

우선 가장 큰 의미를 둔다면, 백호궁이라는 절대의 적으로부터 삼 년이란 시간을 얻은 것이리라.

천하 후기지수 중 가장 무공이 강하다고 알려진 뇌정권 묵호가 여자에게, 그것도 박치기 한 방에 기절했다고 하면 누가 믿어줄까? 그에 앞서 부끄러워서라도 어디 가서 말하지 못할 일이었다.

복면인은 가볍게 한숨을 내쉬었다.

이제야 자신의 머리를 조심하라고 한 이유를 이해했다. 하지만 천하에 그 누가 있어서 그 오묘한 뜻을 이해할 수 있었겠는가?

다시 한 번 백리소소와 묵호의 대결을 생각해 보았다.

단 몇 합에 걸친 대결이었지만, 자신의 시선이 좇아가기도 어려울 정도로 빠르고 무서운 격투였었다.

같은 무인으로서 전율이 일어나는 느낌이었다.

'무후천마녀에 이어 또 한 명의 절대 여고수가 탄생하겠구나.'

복면인의 생각이었다.

복면인은 쓰러져 있는 묵호를 내려다보았다. 누구보다도 그의 재질을 잘 알고 있는 복면인이었다.

'이것이 보약이 될 수도 있다.'

북면인은 그것으로 위안을 삼았다.

관표 일행이 돌아오면서 녹림도원의 식구들은 크게 늘어났다.

관표는 일단 돌아오자마자 백골노조, 여광, 그리고 장충수를 기존의 녹림도원의 형제들에게 소개하였다.

철우나 연자심을 비롯한 기존의 녹림 형제들은 여광이 합세했다는 사실에 모두 놀랐다. 그들에게 있어서 여광은 녹림에서 그 밑에 들어가고 싶은 몇 안 되는 두령 중 한 명이었던 것이다. 반대로 과문은 장충수와 백골노조가 합세했다는 사실에 더욱 놀랐다.

그는 백골노조가 얼마나 까다로운 노인인지 소문으로 들어서 알고 있었기 때문이고, 같은 섬서성 출신인 장충수라면 이미 여러 차례 안면이 있는 사이였다.

섬서에서 가장 큰 표국인 금룡표국과 철기보는 많은 교류가 있었고, 당시 과문은 뛰어난 표두이자 무인인 장충수를 보고 은연중에 존경하는 마음을 가지고 있었던 것이다.

선과 악에 대한 구별이 뚜렷하고, 섬서성의 모든 표두와 표사들의 우상과도 같은 존재인 장충수가 녹림도원에 합세할 줄은 꿈에도 생각하지 못한 과문이었다.

그는 새삼스런 표정으로 관표를 볼 수밖에 없었다.

'어쩌면 정말 내 운명을 걸 만한 분일지도 모른다.'

기존에 관표에게 지니고 있던 감탄과는 또 다른 시선이었다.

관표는 장충수와 여광 일행을 기존 녹림도원의 형제들에게 소개한 후 미리 생각하고 있던 일을 실행에 옮겼다.

그는 장칠고와 청룡단 수하들만을 대동하고 근처에 산재해 있던 이십여 곳의 산채들을 전부 굴복시키고, 그들 중에서 쓸 만한 사람들을 고르고 골라서 녹림도원으로 복속시켰다.

그들은 관표의 이름만 듣고도 스스로 굴복하여 그의 밑에 있기를 간절히 바라는 자들이 대다수였다. 그러나 관표는 사람을 받는 데 있어서 신중하게 선택하였다. 그리고 얼마 후엔 적황과 장삼이 노가채의 수하들을 이끌고 항복해 왔다.

관표는 소소가 그 두 사람에게 도움을 받은 적이 있다는 말을 듣고 의심없이 받아들였다.

소소는 관표를 찾아오다가 곤란을 겪었고, 그것을 두 사람이 해결해 주었다고 한 것이다. 그러나 관표는 그들 중에서도 고르고 골라 신중하게 수하들을 받아들였다.

적황과 장삼은 백리소소가 녹림왕 관표의 연인이란 사실을 알고 놀라서 입을 다물지 못했다.

이렇게 관표가 자신이 원하는 만큼의 수하들을 채우고 나자 녹림도원은 임시 막사들로 꽉 차게 되었다. 기존에 준비한 임시 막사가 부족해서 다시 십여 개의 막사를 더 지어야 했다.

이제 새로운 식구들을 맞이하려면 여러 가지 준비가 필요했다.

그래서 관표가 제일 먼저 한 일은 새로 가입된 사람들의 임시 거처를 마련하는 일과 그들에게 새로운 직책을 부여하는 일이었다.

그러기 위해선 새롭게 조직을 개편하지 않을 수 없었다.

먼저 새롭게 가세한 인원은 여가채의 수하들인데, 여광을 제하고 두 명의 부채주와 다섯 명의 소두목, 그리고 팔십삼 명의 수하를 합해서 구십 명이었다.

그리고 장충수를 따라온 두 명의 표두가 있었고, 그 외 표사들이 이십이 명이었다.

그 외 백골노조와 그의 손녀, 그리고 열세 명의 백골문 제자까지 합해지자 새로 가세한 인원은 장충수와 여광까지 전부 합해서 백삼십구 명이었다. 그리고 그 외에 장충수와 표두, 표사들의 경우 여가채의 수하들과는 달리 결혼을 한 경우가 많았고, 부모를 모시는 경우가 많아서 그들의 숫자만 따로 삼십오 명이 넘었다.

또한 적황과 장삼, 그리고 그 수하들의 숫자가 육십이 명이었다. 그 외에 관표가 직접 작은 산채들을 굴복시키고 뽑아온 수하들 이백여 명을 전부 합하자, 녹림도원의 수하들은 전부 사백여 명이 넘는 숫자가 되었다.

관표는 여광과 장충수, 그리고 각 대주들을 비롯한 녹림도원의 요직에 있는 모든 사람들을 전부 불러 모은 다음, 새롭게 조직을 개편하고 거기에 대한 의견을 조율하였다. 그리고 최종적으로 발표된 녹림도원의 조직은 다음과 같았다.

촌장:녹림왕 관표
태상장로:반고충
장로:전 수유촌의 촌장인 이장산
관표의 아버지인 관복
조공의 아버지인 조산
백골노조

장로원이 하는 일 중 가장 중요한 것은 촌장의 의견에 서로 협력하여 반대 의견을 낼 수 있고, 녹림도원의 규율을 관장하며 새로운 규칙을 상정하여 촌장에게 건의할 수 있는 일이다. 그리고 수하들의 녹봉을 지급하고 녹림도원의 곳곳에 필요한 돈을 관리, 지급하는 일이었다.

또한 이장산과 관복 조산은 무공을 모르는 마을 사람들을 다스리고 그들을 이끄는 일을 맡기로 하였다. 실제 장로지만 그들의 일은 무공을 모르는 사람들과 무인들 간의 중간자 역할을 하는 것으로 합의를 보았다.

단지 중요한 회의에 참석하여 녹림도원이 돌아가는 일은 항상 제대로 알 수 있도록 조처하였다. 그러니 실제 장로라면 반고충과 백골노조 두 사람이라고 할 수 있었다.

좌호법:자운
우호법:금강마인 대과령

두 명의 호법엔 변함이 없었다.

호법의 직책은 장로원과 총당주, 그리고 총대주 다음이었고, 실제적으로 관표의 직속이라 다른 사람의 명령을 듣지 않아도 되었다. 그리고 그들은 감찰의 권한과 함께 녹림도원의 형법을 집행하는 집행자의 권한도 함께 가졌다. 그리고 실제적으로 녹림도원의 살림과 관리를 맡아서 해야 할 삼당의 당주들과 인원은 다음과 같았다.

총당주이자, 금룡당 당주 겸 철마상단의 단주:표풍검 장충수
부당주:철장도(鐵杖刀) 오장순
부당주:철수쾌검(鐵手快劍) 도상 외 삼십일 명

두 명의 부단주는 모두 장충수를 좇아온 금룡표국의 표두들이었다. 철마상단은 차후 관표가 녹림도원의 상거래를 위해 만든 곳으로, 녹림도원의 대표적인 기관이라고 할 수 있었다.

금룡당은 철마상단을 지휘하는 곳이라 할 수 있었다.

천기당 당주:조공
부당주 일 명 외 오십칠 명
한 명의 부당주는 추후 뽑기로 함

천기당은 특성상 무공을 모르는 인원도 상당수 있었다.

천기당에서 하는 일은 녹림도원의 무기 제조, 의료 행위, 그리고 녹

림도원의 내부 관리 등이었다.

천기당 당주:백골노조의 손녀 이호란
부당주:백골서생 조난풍 외 십이 명

천기당의 원래 이름은 강시지원당이라고 했다가 백골노조의 손녀인 이호란이 강력하게 반발하는 바람에 천기당으로 바꾸었다. 그리고 백골문의 특기가 강시를 만드는 일만이 아니라 기관매복과 건축에도 일가견이 있다는 것을 알고 천기당으로 바꾸었다.

그렇지 않아도 기관과 건축, 그리고 기문진에 능통한 자가 필요했던 관표로선 기쁜 일일 수밖에 없었다.

특히 백골노조의 손녀인 이호란은 강시술보다도 기관과 기문진, 그리고 건축학에 대한 조예가 뛰어나, 백골노조는 자신의 손녀가 능히 그 부분에서 능히 대가라 불리워도 손색이 없을 것이라고 자랑을 하였다.

원래 천기당의 당주엔 백골서생 조난풍을 앉히려 했었다. 그러나 조난풍은 고개를 저으며 말했다.

"내 능력은 이호란 사매의 십분의 일에도 미치지 못하니, 그를 당주로 삼는 것이 옳을 것입니다."

그 말을 듣고 관표가 백골노조에게 자문을 구하자, 백골노조 이충은 웃으면서 말했다.

"내 손녀는 이미 나의 경지를 삼 년 전에 넘었다네."

그 말을 듣고서야 관표는 이호란을 천기당의 당주로 임명하였다.

백골문이 기관진학에 뛰어난 것은 아주 간단한 이유가 있었다.

강시를 숨겨야 했고, 항상 자신들의 은거지를 다른 사람들로부터 격리시켜야 했다. 그러다 보니 기관진 쪽으로 뛰어날 수밖에 없었다. 바로 생존의 이유라 할 수 있었다.

위의 삼당과는 달리 실질적인 전투와 행동력을 맡아서 처리할 오대의 대주들과 부대주들은 다음과 같았다.

총대주 겸 녹림수호대 대주:녹림군자(綠林君子) 여광

부대주:천호(天虎) 왕단

부대주:대천귀부(大闡鬼斧) 한산

녹림철기대 대주:귀령단창(鬼靈短槍) 과문(果혼)

녹림천검대 대주:단혼검 막사야

녹림천궁대 대주:귀영철궁 연자심

녹림풍운대 대주:대풍산(大風山) 철우

원래 아호가 낭아곤이었던 철우는 무공을 대풍산도로 바꾸고 난 후 자신의 아호마저 대풍산으로 바꾸었다.

각 대의 부대주는 두 명으로 하였고, 대의 총인원은 대주와 부대주를 포함해서 칠십이 명으로 정하고 인원을 배치하였다.

여가채의 수하들이나 적황의 수하들도 자신이 사용하는 무기의 특성을 고려해서 각 대에 나누어 배속되어야만 했다.

처음엔 그 부분에 대해서 불만을 가졌던 수하들도 있었지만, 특성에 맞는 새로운 무공을 배운다는 사실을 알고는 아무도 불만을 말하는 자들이 없었다.

그 외에 촌장 직속의 천룡단은 새롭게 열세 명의 인원을 보충하여 열여덟 명이 되었다.

직속 수하가 늘어난 장칠고는 입이 찢어질 정도로 좋아했다.

적황과 장삼은 천룡단의 부단주가 되었다.

그것은 백리소소가 천거를 하였기에 가능한 일이었다.

새롭게 조직을 정비한 관표는 각 수하들에게 녹봉을 지급한다는 내용과 함께 구체적인 액수까지 제시하였고, 공과에 따라 상금을 지급하는 것도 엄격하게 구분하겠다고 공표하였다.

산적이 녹봉을 받는다는 것은 생각도 못했던 일이라 이 획기적인 공표에 일부 산적 출신들은 눈물까지 흘리면서 감격해했다. 무엇보다도 능력이 되면 끝까지 무공을 배울 수 있다는 사실이 공표되자, 녹림도원 수하들의 사기는 하늘에 닿을 정도로 드높아졌다.

그들이 환호하는 것을 보면서 관표는 앞으로 자신이 해야 할 일이 태산임을 상기해야 했다.

자금도 마련해야 하고, 지금까지 산적으로 들개처럼 살아온 수하들에게 새로운 자부심도 만들어주어야 한다. 그리고 여기저기서 모여든 수하들을 이제 하나로 묶을 수 있는 무엇인가도 절실하게 필요한 시기였다.

모든 것은 이제부터 시작이라고 할 수 있었다.

그날 관표를 비롯하여 장로원의 장로들은 다음과 같은 녹림도원의 규율을 정해 공표하였다.

一. 촌장의 명령을 어기거나 여자를 강제로 범하는 자는 즉형에 처한다.

二. 배신자는 결코 용서하지 않는다.

三. 은혜는 배로 갚고, 원한은 열 배로 되돌려준다.

四. 가난하고 힘없는 자의 물건을 함부로 탐하거나 녹림도원의 이름에 누가 되는 행동을 하는 자는 반드시 그에 합당한 벌을 받는다.

五. 녹림도원은 옳다고 판단하는 일에 주저하지 않는다.

가장 기본적이라고 생각한 다섯 가지 규율은 간단했지만 관표가 앞으로 녹림도원을 어떤 방향으로 이끌어 나갈지에 대한 의지가 들어 있었다.

특히 녹림 출신으로 아직도 자신을 녹림의 도적이라고 생각했던 몇몇 수하들에겐 충격적인 선언이었다.

第九章
세상은 넓고 강자는 많다

백호궁.

무림에서 무공이 가장 강하다는 십이대초인 중 한 명이자, 그중에서도 가장 강하다고 알려진 천군삼성 중 한 명인 전왕 묵치가 세운 곳이었다.

백리세가에서 검을 논하지 말고,
백호궁에서 싸움을 논하지 말고,
혈교에서 죽음을 말하지 말라.

이는 천검 백리장천과 전왕 묵치, 그리고 사령혈마(邪靈血魔) 담대소(澹臺少)의 천군삼성을 경외하면서 강호무림에 퍼진 말이었다. 강호인들은 천군삼성의 이름을 직접 논하는 것조차 어려워하며 그들이 속한 문파나 가문을 빗대어 말했다. 이는 이미 육십 년 이전부터 존재한 무림의 율법이었다.

현재의 백호궁 궁주는 묵치였지만, 실제 궁을 이끌고 있는 것은 묵치의 아들인 묵뢰였다.

묵치가 아들인 묵뢰에게 백호궁의 전권을 맡기고 폐관에 들어간 것은 이미 삼십 년 전이었다.

철권무정(鐵拳無情) 묵뢰.

묵치에게 조금도 뒤지지 않는 재질을 지니고 있다고 알려진 자였다. 그의 무공을 논할 때 보통 강호의 무인들은 다음과 같이 말했다.

일권붕산(一拳崩山), 일갈단해(一喝斷海).

일권에 산을 무너뜨리고, 한 번 고함에 바다를 쪼갠다.

능히 그의 무공과 성정을 알 만한 일이었다.

무림에는 십이대초인을 지칭하는 삼성, 쌍괴, 칠종이 있다.

이들의 무공이 무림에서 가장 강하다면, 이들에겐 못 미치지만 나름대로 무림에서 명성을 떨치는 고수들이 있다.

정파엔 삼협(三俠)과 구의(九義)가 있고, 사파엔 오흉(五凶)과 칠마(七魔)가 있다. 정사 중간의 인물들로는 사기(四奇)가 유명하였다. 그러나 이들의 무공이 십이대초인 다음으로 무림에서 강한 것은 아니었다.

우선 구파일방이나 오대세가만 해도 각파의 장문인들이나 가주를 제외하고도 전대의 숨은 고수들이 부지기수였다.

보통 구의나 오흉 등으로 묶인 고수들은 지금도 활발하게 무림에서 활동하는 대표적인 무인들일 뿐이었다. 그런데 그렇게 활발하게 활동하는 묵뢰는 구의나 삼협 어디에도 속해 있지 않았다.

그들과 함께 말하기엔 묵뢰의 무공이 너무 강하고, 십이대초인과 함께 말하기엔 아직 그의 무공이 확인된 게 없었던 것이다. 일견 묵뢰를 아는 상당수의 인물들은 묵뢰의 무공이 능히 칠종과 겨루어 지지 않을 것이라고들 하였다. 그러나 묵치를 제외한 백호궁 최고의 고수라는 묵뢰의 무공은 아직 그 누구도 확인해 보지 못했다.

단지 소문만 무성할 뿐이었다.

거대한 밀실 안.

한 명의 건장한 장년인이 서 있었다.

무려 칠 척 가까운 장신에 철탑처럼 단단해 보이는 몸. 그가 바로 백호궁의 현 궁주인 묵뢰였다.

묵뢰가 서 있는 곳, 사방 여덟 곳에는 높이 일 장 정도, 넓이 삼 척, 두께 이 척 정도의 비석이 세워져 있었다.

묵뢰의 신형이 움직였다.

마치 유령처럼 소리없이 움직였는가 싶었던 그의 신형은 어느새 움직임을 멈추고 있었다.

정말 움직였는가 싶을 만큼 빠른 동작이었다.

묵뢰는 동작을 멈춘 후, 여덟 개의 비석을 훑어본 다음 만족한 표정으로 밀실에서 걸어나갔다.

그가 밀실의 문을 닫는 순간 비석들의 뒷부분 일부가 모래처럼 부서져 내렸다. 모두 일정한 부분에 손바닥 모양의 음각이 만들어져 있었다. 그런데 그 음각이 나타난 부분은 모두 비석의 뒤쪽이었다.

묵뢰가 움직이며 손으로 친 부분은 비석의 앞부분이었지만, 비석들의 앞부분은 어떤 흔적도 없이 멀쩡했다.

최절정의 격산타우(隔山打牛) 장법.

보통 격산타우는 앞에 있는 산을 통해서 그 뒤에 있는 소를 친다는 공격법으로, 최절정의 고수들만이 가능한 무공이었다.

격산타우를 조금 더 정확하게 표현하면, 앞에 있는 물체를 쳐서 그 물체는 전혀 상하지 않게 하고 물체의 뒤에 있는 적을 가격하는 무공이라고 할 수 있었다.

강호무림에서 최절정이라고 할 수 있는 고수라도 지금 묵뢰처럼 자연스럽고 빠르게 견산타우의 장력을 사용할 수 있는 사람은 거의 없을 것이다.

뿐만 아니라 한 개가 아니라 여덟 개의 목표를 단 일 초에 분산 공격해서 지금과 같은 결과를 만들어낸다는 것은 결코 쉽지 않은 일이었다.

십이대초인 정도라면 가능할 수 있으리라.

묵뢰가 밖으로 나오자, 마침 묵뢰를 찾아오던 총관 마호중검(魔虎重劍) 철중생(鐵中生)이 예를 올리며 말했다.

"궁주님께 아룁니다."

평소 과묵하고 침착한 성격의 철중생이었다. 그런데 그런 철중생의 얼굴엔 조금 난감해하는 표정이 떠올라 있었다.

"무슨 일인가?"

"손님이 오셨습니다."

"대체 온 손님이 누군가?"

"독종, 당진진입니다."

묵뢰의 얼굴이 가볍게 굳어졌다.

귀빈실에 앉아 있던 당진진이 일어섰다.

들어서던 묵뢰는 빠르게 다가와 예의를 차리며 인사를 하였다.

"후배 묵뢰가 당 선배님을 뵙습니다."

당진진은 묵뢰를 찬찬히 살펴본 다음 고개를 끄덕였다.

"대단하군. 과연 전왕의 후예다워."

"과찬이십니다."

당진진의 칭찬에도 묵뢰의 얼굴엔 표정 변화가 없었다.

당진진은 그런 묵뢰를 잠시 바라보다가 고개를 끄덕였다.

"정말 좋은 신체군. 전왕의 무예를 구성까지 성취했군."

그 말을 들은 묵뢰의 표정이 조금 변했다.

그는 현재 아버지의 무공을 십성 이상 터득했다 믿고 있던 참이었다. 그러나 말은 하지 않았다.

당진진은 그의 표정 변화를 보고 가볍게 웃으면서 말했다.

"스스로는 그 이상이라 생각하고 있던 모양이군. 무공이란 그렇게 간단한 것이 아닐세."

묵뢰는 속으로 강한 반발심이 일었지만, 겉으론 드러내지 않고 말했다.

"저도 무공을 간단하다고 생각해 본 적은 없습니다. 단지 끝없이 수련하고 정진할 뿐입니다. 그런데 선배님께선 어떤 일로 오셨는지요?"

당진진은 여전히 미소를 머금고 말했다.

"오랜만에 친구를 만나러 왔네."

묵뢰가 고개를 흔들었다.

"저도 뵙고 싶었지만, 십 년 동안 단 한 번도 뵙지 못했습니다. 정말 죄송합니다."

당진진은 조금 실망한 표정으로 말했다.

"흠, 전왕이 은거를 깨고 나오면 정말 강해져 있겠군. 나오면 전해주게, 옛 친구가 찾아왔다가 간다고."

"꼭 전해 올리겠습니다."

"그리고 이번에 나오면 정식으로 한번 겨루고자 한다고 전해주게."

당진진의 말에 묵뢰의 안색이 굳어졌다.

아직까지 십이대초인끼리 정식으로 겨룬 적은 단 한 번도 없었다. 정식적으로는 그렇다.

혹시 비밀리에 그들끼리 겨루어보았는지는 모르지만, 강호에 알려진 것은 그것이 정설이었다.

이는 칠종이나 쌍괴가 천군삼성이 자신들보다 더 강하다는 것을 인정한 것으로 인식되었었다. 그렇지 않았다면, 자신들보다 더 강하다고 알려진 삼성에게 도전하여 자신의 실력을 입증했어야 했기 때문이다.

자존심이 상할 만한 대도 덤비지 못했다면, 그것은 인정한 것이나 다름없는 것이다. 그러나 천군삼성 역시 칠종을 결코 약하게 보지 않았다. 그래서 그들끼리는 거의 충돌한 적이 없었다.

서로 피했던 것이다. 그런데 드디어 칠종의 한 명이 삼성 중 한 명인 묵치에게 정식으로 도전장을 내민 것이다. 지금 이 소문이 강호로 번져 나가면 강호 전체가 떠들썩할 것이다.

묵뢰는 가슴에서 호승심이 이는 것을 느꼈다.

문득 십 년 전 아버지인 전왕과 나눈 이야기가 생각이 났다.

묵뢰가 자신의 무공이 어느 정도 성취를 이룬 다음 만족한 표정을 지었을 때, 그 모습을 지켜본 전왕이 고개를 흔들며 말했다.

"아직 멀었다. 강호엔 강자가 모래알처럼 많다. 너는 그들 중 능히 일류라 할 수 있지만, 정말 강한 자들에게는 한주먹 감이다."

묵뢰는 그 말을 듣고 굉장히 큰 충격을 받았다.

묵뢰가 물었다.

"강한 자들이란 아버지를 비롯한 십이대초인을 말하는 것입니까?"

"우선은 그렇다."

전왕의 말을 들은 그의 아들 묵호가 다시 물었다.

"조부님을 비롯한 삼성이라면 모르지만, 칠종은 무공이 훨씬 아래라고 들었습니다. 그들 정도라면 아버지가 겨루어볼 만하지 않겠습니까?"

그 말을 들은 전왕이 어이없다는 표정으로 대답을 하였다.

"너희는 세상을 우습게 보는구나. 내가 보기에 지금 묵뢰의 수준은 칠종의 가장 약한 자와 겨룬다고 해도 삼 초도 견뎌내기 어려울 것이다. 그리고 칠종을 우습게 보지 마라. 그들의 무공은 결코 삼성과 큰 차이가 나지 않는다. 어쩌면 그들 중 한두 명은 실제 삼성보다 더 강할지도 모른다."

묵뢰와 묵호, 그리고 그의 둘째 아들인 묵광이 놀라서 전왕을 보았다.

"그들이 우리 삼성에게 도전하지 않은 것은 확실하게 이긴다는 보장이 없었기 때문이지, 진다고 생각했기 때문이 아니다. 그리고 그들은 지금까지 전부 은거해서 절치부심 무공만 수련해 왔다. 지금 다시 그들이 나타난다면, 십이대초인들 중 누가 강한지는 아무도 장담할 수 없는 상황이 된다. 그리고 그들이 강호에 나타나는 날 강호는 난세가 될 것이다. 요는 시발점이 누가 되느냐 하는 것이다. 누구든 그들 중 한 명만 강호에 나타난다면, 연쇄적으로 다른 초인들을 부를 것이다. 너희는 반드시 명심해야 한다. 만약 그들 중 누구라도 나타난다면 함부로 덤비지 말아라! 나를 포함한 십이 인을 십이대고수가 아니라 십이대초인이라고 부르는지 그 이유를 곰곰이 생각하고 조심해야 한다."

그의 둘째 아들 묵광이 물었다.

"초인이라고 따로 부르는 이유가 있습니까?"

"그건 그들이 다른 사람들과 차원을 달리하는 고수들이기 때문이다."

그 말은 묵뢰에게 충격이었다. 그리고 그날 이후 무공을 수련하는 데 조금도 게을리하지 않았다.

그 당시 근 삼 년 전부터 백호궁의 전대 고수들 사이에서는 묵뢰의 무공이 능히 칠종과 겨룰 만하다는 말이 들려오기 시작했다. 그리고 묵뢰 역시 칠종 정도라면 겨루어서 지지 않을 자신이 있었다.

"만약 괜찮으시다면, 아버님을 대신해서 제가 선배님께 도전해도 되겠습니까?"

당진진이 묵뢰를 바라본다.

묵뢰는 그녀의 눈을 마주 보았다.

당진진의 눈동자는 마치 잔잔한 호수를 보는 듯하였다.

"그것도 좋겠지. 근래 후배들의 수준도 알아볼 수 있을 테고, 차후 전왕과의 대결에도 도움이 될 테니. 그럼 준비하게."

전혀 망설이지 않고 허락을 하자 묵뢰는 가슴이 조금 무거워지는 것을 느꼈다.

이번의 결투는 당진진의 입장에서 보면 이겨도 그만이고, 지거나 비기면 망신을 당하게 된다. 그런데도 망설이지 않고 허락을 하였다면, 그만큼 자신이 있다는 말이었다.

묵뢰는 더욱 호승심이 치솟는 것을 느꼈다.

"도전을 받아주셔서 감사합니다, 선배님."

당진진은 잔잔한 웃음으로 대답을 대신하였다.

묵뢰의 표정 역시 담담했다.

그의 모습 어디에도 강자와 겨룬다는 긴장감은 없었다.

묵광은 전신의 털이 모두 거꾸로 서는 기분이었다.

그의 앞에는 지금 두 사람이 마주 보고 있었다.

한 명은 십이대초인을 제외하면 최강의 고수라고 할 수 있는 자신의 아버지 묵광이요, 또 한 명은 십이대초인이라고 불리던 최고의 고수들 중 한 명인 독종이었다.

사천당가를 오대세가의 수위로 끌어올렸고, 독이 얼마나 무서운 물건인지 강호무인들에게 알려준 여자.

이들의 대결을 직접 눈으로 볼 수 있다는 사실만으로도 가슴이 두근거린다.

묵광뿐이 아니었다.

참관이 허락된 단 두 사람 중 한 명인 총관 철중생의 얼굴도 상기되어 있었다. 그는 눈도 깜박이지 않고 두 사람을 지켜보는 중이었다.

묵광은 두 사람을 보면서 생각하였다.

'누가 이길까? 과연 칠종의 무공은 얼마나 강할까? 할아버지의 말대로 천군삼성과 겨룰 만할까? 아버지의 무공은 어느 정도 수준일까?'

묵광은 입 안에 침이 마르는 것을 느끼며 마른침을 삼킨 후 총관 철중생에게 물었다.

"총관께서는 어느 분이 이긴다고 생각하십니까?"

철중생은 가볍게 고개를 흔들며 말했다.

"저는 감히 짐작하기 어렵습니다. 한 가지, 궁주님의 무공은 십 년 전에 비해서 비약적으로 발전을 하였습니다. 그러나 상대는 칠종입니다. 현 시대가 인정한 진정한 초인들 중 한 명입니다."

"저는 아버님을 믿고 있습니다. 그리고 백호궁의 무공은 천하무적입니다."

묵광의 이야기를 들은 철중생은 아무런 대답도 하지 않고 묵묵히 묵뢰와 독종 당진진을 바라보기만 하였다.

묵광은 조금 궁금한 표정으로 물었다.

"총관께서는 저하고 생각이 다른가 봅니다."

"글쎄요. 저도 뭐라고 단정하기 어렵지만, 강호의 눈은 의외로 정확합니다."

"무슨 뜻인지 모르겠습니다."

"초인이란 말은 아무에게나 붙지 않습니다. 아직 궁주님에겐 그런 표현이 붙어 있지 않습니다."

묵광은 총관의 말을 듣고 조금 표정이 굳어졌다. 그러나 곧 담담한 표정으로 말한다.

"당시와 지금은 사정이 다릅니다. 그리고 아직 아버님의 무공은 세상에 제대로 알려질 기회가 없었습니다. 이제 그 기회가 온 것일 뿐입니다."

묵광의 자신있는 말에도 철중생은 신중했다.

그 역시 두 사람의 무공 중 누가 더 강한지 지금으로선 알 수 없었다. 그가 알고 있는 묵뢰의 무공은 능히 강호에서 그 적수를 찾기 어려울 만큼 강했다. 그러나 몇십 년을 은거했다가 세상에 나온 전대의 고수가 그렇게 호락호락하진 않을 것이라고 짐작했다.

그리고 묵광의 말 중에 총관이 선뜻 동조하지 못하는 부분이 있었다. 백호궁의 무공이 천하무적이란 말이었다.

백호궁이 아니라 전왕 묵치가 무적에 가까울진 몰라도, 백호궁의 무공이 무적이란 말에는 동조하지 않았다. 그리고 묵치 또한 무적에 가까울 뿐이지 무적이라고 말할 순 없었다.

그렇게 말한다면 다른 천군삼성들이 서운해할 것이다.

물론 비슷한 경지에 달한 것은 사실일지 모른다. 그러나 무공으로 따진다면, 백호궁의 무공과 겨룰 수 있는 무공은 세상에 결코 적지 않다는 것이 철중생의 생각이었다.

요는 무공이 아니라 사람이었다.

아무리 좋은 무공도 그것을 익히는 사람이 제대로 소화하지 못하면 이류무공보다 못할 수도 있었다.

철중생은 수십 평생을 강호에서 잔뼈가 굵은 사람이었다. 그 이치를 누구보다도 잘 안다.

묵뢰의 기수식은 백호궁의 최고 절기 중 하나인 묵정뢰권(墨釘雷拳)의 기수식이었다. 은은한 묵빛으로 빛나는 묵뢰의 주먹을 본 당진진의 안색이 가볍게 변했다.

"묵정뢰권이군. 그럼 나도 그에 어울리는 무공을 사용하기로 하지. 하지만 조심하게. 그리고 내 절기가 독공이란 사실을 항상 잊지 말게."

"이미 준비하고 있습니다. 그럼 후배가 먼저 실례하겠습니다."

"좋지."

묵뢰의 신형이 앞으로 쏘아갔다. 조금도 망설임이 없었다.

일단 묵뢰가 움직이자 그의 주변에 있던 대기의 흐름이 급격하게 흩어지면서 진공 상태로 변해가는 듯하였다.

묵뢰의 기세는 보는 사람으로 하여금 자신도 모르게 뒤로 몇 걸음 물러서게 만들었다.

묵광과 철중생은 자신도 모르게 뒤로 두세 걸음 물러선 다음에야 실태를 깨우치고 안색이 변했다. 그 모습을 본 당진진이 과연 하는 표정으로 말했다.

"전왕의 후예답구나."

말하는 그녀의 양손은 어느새 검은색으로 변해 있었다.

오독묵영살(五毒墨影殺), 그녀가 천하를 종횡할 때 가장 많이 사용하던 무공이었다. 그 무공을 제대로 모르는 사람들은 모두 천독수라고 했었다. 그러나 오독묵영살은 천독수를 익히기 전에 먼저 익히는 무공이었다.

그녀는 그 자리에서 단 한 발자국도 움직이지 않고 정면으로 묵뢰의 공격을 받아쳤다.

묵뢰의 신형이 당진진에게 그대로 충돌해 가면서 주먹을 질러내었다.

퍼버벅! 하는 소리가 연이어 들리면서 묵뢰의 주먹과 당진진의 손바닥이 충돌하였다. 정말로 주먹과 손바닥이 부딪친 것 같지만, 두 사람의 손과 주먹은 꼭 두 치 앞에서 멈춘 채 서로 뿜어낸 경기가 충돌하였다.

묵정뢰권과 오독묵영살의 경기는 한 치의 양보도 없이 상대의 요혈을 노리고 있었다. 십여 합을 겨루었지만 둘 다 단 한 치도 물러서지 않고 있었다.

얼추 보면 두 사람의 대결은 한 치도 기울지 않은 팽팽한 접전 같았다. 그러나 두 사람의 동작이 너무 빨라서 묵광은 그 흐름을 잡지 못하고 그저 멍하니 바라만 본다.

누가 이기고 있는지는 고사하고, 손이 오고 가는 흐름조차 따라가지 못하고 있었던 것이다. 나름대로 무공에 자신을 가지고 있었던 묵광은 자신의 실력에 대해서 부끄럽다는 생각이 절로 들었다.

당진진이라면 독과 암기로 유명했지, 설마 무공도 저렇게 깊을 줄이야.

그렇게 두 사람의 대결을 보고 있을 때 두 사람의 대결에 변화가 생겼다.

타핫! 하는 고함과 함께 묵뢰는 지금 당진진을 상대하는 묵정잔영(墨

釘殘影)에서 그보다 훨씬 강한 초식인 묵정뢰영(墨釘雷影)으로 바꾸려 하였다. 그런데 바로 그 순간, 당진진의 오른손이 번개처럼 묵뢰의 가슴을 쳐왔다.

"헉!"

묵뢰는 자신도 모르게 비명을 지르며 다급하게 뒤로 물러섰지만, 그의 앞섶이 찢어져 나가는 것은 어쩔 수 없었다. 갑자기 두 사람의 동작이 멈추었고, 묵광과 철중생도 멍하니 당진진과 묵광을 본다.

이렇게 갑자기 묵뢰가 뒤로 물러설 줄 몰랐던 것이다.

묵뢰는 자신이 갑자기 밀린 사실이 믿어지지 않았다.

채 초식을 바꾸지도 못하고 졌다. 그러나 지긴 했지만, 당진진의 공격은 자신을 쓰러뜨리지 못했다.

자신이 묵정뢰영만 펼쳤다면 충분히 이겼을 것 같았다.

"이번엔……."

각오를 단단히 다지며 묵정뢰권의 절초 중에서도 가장 위력이 강한 섬광무정(閃光無情)을 펼치려 하였다. 그러나 섬광무정을 펼치려던 묵뢰는 기겁을 하고 말았다.

어느새 당진진의 신형이 코앞에 다가와 있었던 것이다.

묵뢰는 미처 준비되지 않은 섬광무정을 펼쳐야 했다. 그러나 아직 제대로 운기가 안 된 섬광무정은 이 할의 위력조차 발휘하지 못했고, 급하게 펼치다 보니 정교하지도 못했다.

당진진의 손이 교묘하게 섬광무정의 잔영을 헤치고 묵뢰의 가슴에 닿아 있었다.

조금 전 묵뢰를 물러서게 만들었던 그 초식이었다.

"아직 멀었군. 제대로 펼치지도 못하는 무공을 함부로 사용하다니."

당진진의 말에 묵뢰는 멍한 표정으로 그녀를 바라본다. 너무 맥없이 진 것에 대한 충격도 컸지만, 그녀의 마지막 말이 송곳처럼 묵뢰의 가슴을 찔러왔다.

'단순하지만 빠르다.'

묵뢰는 자신이 왜 졌는지 알 수 있을 것 같았다.

초식과 초식 사이의 아주 미세한 틈을 파고드는 그녀의 공격에 당하고도 미련하게 강한 무공만을 펼치려 하였다. 그러나 당진진은 묵뢰가 그 무공을 펼칠 기회조차 주지 않았다.

상대는 장기인 독이나 암기조차 사용하지 않았다. 원래 그녀는 독을 다루면서도 독공에 능했지, 독 그 자체를 즐겨 사용하진 않았다. 그러나 무공에 독을 가미해서 사용하는 것이나 독 암기에 대한 조예는 그녀가 강호무림에서 최고임은 누구나 인정하는 사실이었다.

만약 지금 당진진이 독을 사용했으면, 묵뢰는 그대로 당했을 것이다.

'강한 것만이 능사가 아니다.'

묵뢰는 가슴이 쓰려오는 것을 느꼈다.

평소에 몰랐던 상식이 아니었다.

아버지로부터 듣고 또 들었던 말 중에 하나였다. 그러나 백호궁의 궁주인 그는 경험이 너무 적었다. 진짜 고수와 겨루다 보니 그 부분을 놓친 것이다.

보고 있던 묵광은 아무리 자세히 보려 해도 시선이 두 사람의 속도를 제대로 좇아가지 못했다. 그래서 묵뢰가 진 것은 알았는데, 어떻게 왜? 졌는지 이유를 알지 못했다. 그저 멍하니 바라만 본다.

철중생만은 어느 정도 흐름을 읽고 있었기에 묵뢰가 왜 졌는지 이해를 하고 있었다.

당진진은 묵뢰를 보면서 담담한 어조로 물었다.

"억울한가?"

묵뢰가 고개를 흔들었다.

"그렇지 않습니다. 정말 큰 것을 배웠습니다."

당진진은 고개를 끄덕였다.

"발전하겠군. 전왕에게 전해라, 나에게 하나의 빚이 생겼다고."

묵뢰가 고개를 끄덕이며 말했다.

"꼭 전하겠습니다."

"그럼 나중에 다시 찾아오마."

당진진은 미련없이 돌아서서 백호궁을 빠져나갔다. 그녀는 단 한 번도 뒤를 돌아보지 않고 그렇게 사라졌다.

그녀의 등은 크고 당당했다.

묵광이나 철중생은 그 등에서 넘어설 수 없는 큰 벽을 느낀다.

묵뢰가 그녀의 등을 보면서 중얼거렸다.

"지금까지 나는 눈을 감고 세상을 보았다. 이제부터다. 몇 년만 기다리시오, 선배."

그의 나직한 음성이 묵직하게 연무장을 맴돌았다.

이때 복면인이 그의 큰아들인 묵호를 안고 돌아왔다.

묵뢰는 암담한 시선으로 복면인을 보았다.

복면인의 설명을 들은 묵뢰의 입가에 쓸쓸한 미소가 감돌았다.

"부자가 여자에게 망신을 당했군. 삼 년이라… 차라리 잘된 일이다. 총관."

"말씀하십시오."

"앞으로 삼 년간 나는 두 아들을 데리고 아버님이 계신 밀실로 들어갈 작정이다. 당분간 총관에게 백호궁을 맡기겠네."

총관은 잠시 묵뢰의 시선을 마주 보다가 그의 결심을 읽은 듯 대답하였다.

"알겠습니다. 부디 대성을 이루고 나오시길 바랍니다."

"걱정 말게."

묵뢰의 시선이 이번엔 묵광을 향했다.

"준비해라! 앞으로 삼 년간은 지옥이 될 것이다."

묵광 역시 두 사람의 대결을 보면서 느끼는 것이 있던 참이었다.

"각오하고 있습니다."

그날은 백호궁이 세워진 이후 최악의 날이었다. 그리고 그들 부자에겐 세상을 다시 보게 된 날이기도 했다.

第十章
맹룡천문, 이제부터 시작이다

　수유촌의 임시 막사 중 가장 큰 막사 안에는 녹림도원의 중요 인물들이 모두 모여 있었다.

　그들은 모두 신중한 표정들이었고, 그들의 시선은 앞에 나와 서 있는 녹림서생 조난풍에게 모아져 있었다.

　녹림도원의 조직이 개편되고 처음으로 부대주급 이상의 인물들이 전부 모인 자리였다.

　관표는 녹림도원의 조직을 새롭게 정리한 다음 녹림도원의 중요 인물들에게 삼 일의 시간을 준 후, 녹림도원의 발전과 앞으로 가야 할 방향에 대해서 생각해 오라고 지시를 내렸었다.

　관표는 그들의 의견을 대폭 수렴할 생각이었다.

　그리고 회의가 시작되자 수많은 의견들이 쏟아져 나왔다.

우선 가장 먼저 거론된 것은 관표의 호칭 문제였다.

촌장이란 말이 무림과 너무 어울리지 않아 호칭으로 부르기가 어색하다는 말이 많았다.

한 단체의 수장을 부르는 호칭은 상당히 중요한 문제였다.

그 호칭이 단체의 특징을 대표할 수도 있기 때문이었다.

관표의 경우 고향에 대한 향수 때문에 촌장이라 부르게 하였지만, 확실히 무림 단체의 수장을 부르는 호칭으로는 격에 맞지 않았다. 그리고 녹림도원 역시 무림 안의 단체를 지칭하는 이름으론 어울리지 않았다.

처음 이 부분에 대해서 말을 한 것은 그 누구도 아닌 관표였다.

관표는 스스로 생각해 봐도 그 부분이 걸렸기에 먼저 말을 꺼냈다.

"아무래도 녹림도원이란 이름은 무림의 단체를 지칭하는 말로 어울리지 않고 촌장이란 이름도 어색하다고 생각하는데, 여러분의 의견은 어떻습니까? 사실 나는 이 이름이 좋아 버리고 싶진 않지만, 대외적으로는 조금 다른 이름과 호칭이 필요하지 않을까 생각합니다."

관표의 말이 떨어지자 많은 사람들의 안색이 밝아졌다. 그들도 그 부분에 대해서 생각을 하고 있었지만, 그 부분을 걸고 말할 경우 관표의 존재감에 상처를 줄까 봐 말을 꺼렸던 것이다.

관표의 말이 끝나자 많은 의견이 나왔다.

결국 관표가 지향하는 목표와 관표의 무공 특징을 따서 결론을 내렸다.

우선 현재 수유촌의 이름을 녹림도원으로 바꾼다. 그리고 관표를 중심으로 뭉친 단체의 이름은 맹룡천문으로 지칭한다.

관표를 부르는 호칭은 문주로 하고, 당당하게 무림의 정식 문파로 출사표를 던진다.

결국 맹룡천문이란 문파가 만들어졌고, 문파가 존재하는 곳의 위치는 녹림도원이 되었다.

마을 사람들을 비롯하여 일반 사람들은 관표를 편안하게 촌장이라 부르게 하였으며, 여타 무인들은 관표를 문주라고 부르기로 하였다. 이는 관표가 원했던 부분과 모두 일치했고, 맹룡천문이란 문파 이름이 맘에 들었기에 모든 사람들이 전부 기뻐하고 찬성하였다.

일단 문파의 이름이 정해지자, 그 다음에 나온 것은 문파의 위치와 지금 수유촌에 대한 이야기였다.

그 부분에 대해선 수유촌을 자세하게 살핀 천기당의 당주 이호란과 부당주 조난풍이 의견을 내놓았다. 보고서는 이호란이 중심이 되어 만들었지만, 발표를 한 것은 조난풍이었다.

그래서 조난풍이 앞에 나와 있었던 것이다.

조난풍은 마을의 지형도를 그려 넣은 커다란 비단 천을 세워 두 개의 나무에 걸어놓은 다음, 관표를 보면서 말했다.

"의견을 말하기 전에 먼저 문주님께 죄송스런 말씀을 드려야겠습니다."

"말해 보시오. 나는 어떤 말이든 받아들일 준비가 되어 있소."

"먼저 문주님이 우리들에게 이야기한 녹림도원을 만들려면, 지금 현재의 마을을 다른 곳으로 옮겨야 한다는 것이 당주님과 저의 의견입니다."

많은 사람들의 표정이 변했지만 관표는 담담한 표정으로 물었다.

"이유를 말해 보시게."

조난풍은 비단에 그려진 마을의 지형도를 가리키며 설명을 시작하였다.

"우선 녹림도원이 위치한 지형을 보면 문주님이 말한 곳으로 만들기엔 지형이 좁습니다. 기존의 수유촌일 경우엔 살고 있는 사람들이 많지 않았고, 모두 일반인들이었기에 넓은 편이었습니다. 그러나 지금 맹룡천문의 제자들과 그에 딸린 식구들의 숫자가 급격하게 늘어나면서 그들을 전부 수용하기엔 턱없이 좁습니다. 그리고 사방이 산으로 막혀 있어서 더 이상 마을을 넓히기도 어렵습니다. 그뿐이 아니라 녹림도원의 사람들은 앞으로 계속 늘어날 것입니다. 그에 대한 것까지 감안해야 합니다."

조난풍의 말에 사람들은 모두 긍정의 표정을 지었다.

모두 그렇게 생각하고 있을 때 관표가 웃으면서 말했다.

"충분합니다."

관표의 말에 모든 사람들의 시선이 그에게 모아졌다.

조난풍 역시 이해할 수 없다는 표정으로 관표를 바라본다.

관표는 자신있게 다시 한 번 말하였다.

"지형도를 자세히 살펴보게. 이곳이야말로 내가 원하던 녹림도원을 만들 수 있는 유일한 곳이라고 생각하는 곳입니다. 그리고 공간도 충분합니다."

관표의 말을 들은 사람들은 지형도를 다시 한 번 자세히 살펴보았다.

수유촌, 지금의 녹림도원이라고 이름 붙여진 지형을 살펴보면 다음과 같았다.

먼저 수유촌은 커다란 산 하나가 용처럼 똬리를 틀고 그 안에 품은 듯한 형상의 마을이었다.

마치 꼬리와 얼굴이 맞닿아 있는 듯한 형상을 한 곳으로 작은 오솔길이 하나 있는데, 이 길이 유일하게 마을로 들어오고 나가는 길이었다.

그리고 마을을 감싸고 있는 부분, 즉 용의 허리라고 말할 수 있는 곳은 한 개의 산처럼 보이지만 몇 개의 산이 겹쳐져 있는 형태이고, 그 산 뒤로는 첩첩으로 모여 있는 산과 산의 군집이었다. 그리고 그 군집은 사방으로 백여 리에 걸쳐 밀집되어 있었다.

실제 수유촌의 지대는 상당히 높은 곳에 위치해 있었고, 그 용의 똬리 안은 굉장히 넓었지만 마을이 있을 만한 공터는 허무할 정도로 작았다.

마을의 산과 산 사이에서 흘러내린 물줄기는 마을 우측을 싸고 돌아 마을 앞에 큰 분지를 만들어놓은 계곡을 타고 내려가 마을 입구의 산과 산 사이로 난 좁은 틈으로 빠져나간다.

그리고 그 계곡 옆으로 물이 흐르는 곳에서 이십 장 정도 위 산허리를 따라 길이 나 있는데, 이 길이 바로 마을로 들어가고 나가는 길이었다.

마을 길을 따라 산과 산 사이로 나가는 순간, 갑자기 세상이 넓어 보이면서 멀리까지 내려다보이는 멋진 풍경이 펼쳐진다.

그리고 길과 함께 가던 개천은 산과 산 틈으로 흘러 나간다.

그곳에서부터 평평하던 길은 산길을 따라 급격하게 경사를 지고 아래로 내려가 이십 장 아래로 흘러나온 물줄기와 다시 만난다.

문제는 이 개울물이 흐르는 지역인데, 마을의 절반 이상의 아주 넓은 지역에 걸쳐 펼쳐진 계곡은 마을 좌측에서부터 감싸며 호로처럼 푹 꺼진 형태였는데, 전부 암석으로 이루어져 있었다. 그리고 계곡 안에는 작은 동산이 하나 있었고, 이, 삼십 장에 달하는 거대한 바위 몇 개가 칼을 거꾸로 꽂은 것 같은 모습으로 서 있었다.

그리고 바닥이 암석이다 보니 그 위에 드문드문 자라는 노송이나 나무들은 아주 작고 기형적인 모습들인 게 많았다. 그뿐만 아니라 거대한 바위와 바위 사이에 흙이 물처럼 고여 있고, 그 사이에 기형으로 자라난 나무와 꽃들도 많았다.

계곡 안의 암석 중에서도 가장 거대한 장군 바위는 넓이가 수십 장이나 되고 높이가 삼, 사십 장 이상이나 되었다. 그리고 그 바위 위엔 상당히 많은 흙이 쌓여 있어 수많은 꽃들과 기형의 나무들이 자라고 있었다.

그 모습이 기이하고 아름다워 사람들의 감탄을 자아내곤 하였다. 그리고 계곡 안의 동산은 장군 바위에서 삼 장 정도 떨어진 곳에 위치했는데, 사방이 칼로 자른 듯한 바위 절벽으로 이루어져 있었고, 봉우리는 높지 않았지만 아주 험한 모습이었다.

그리고 마을 안쪽을 보면 오른쪽으로는 수백 년에서 길게는 천 년 이상 넘은 나무들이 빽빽하게 우거진 작은 숲이 있었고, 뒤쪽으로는 제법 넓고 큰 두 개의 야산이 존재하는데, 이 두 개의 산 역시 모두 단단한 화강암이나 거대한 바위들로 이루어진 산이었다.

마을을 둘러싼 산들과는 전혀 별개로 존재하는 이 두 개의 산은 마을이 있는 모든 공간의 상당량을 차지하고 있었다.

물이 흐르는 계곡을 뺀 나머지의 삼분의 이에 해당하는 부분이었다.

결국 마을이 뻗어나갈 수 있는 곳은 오른쪽 옆에 있는 숲과 뒤쪽으로 바위산이 있는 부분까지 뿐이었다. 물론 그 넓이를 계산해 보면 결코 비좁은 것은 아니었다.

하지만 관표가 이미 언질을 주었던 숲의 조성이라든지, 커다란 정원, 아이들이 뛰어놀 수 있는 놀이터 등등 최적의 환경을 만들 것까지 감안하면 조금 좁은 면이 있었고, 너무 많은 지역이 바위로 이루어져 있었다.

또한 앞으로 늘어날 사람들을 감안하면 조금 더 넓은 것이 좋을 듯하였다. 그렇다면 그점을 관표가 모르진 않을 것이다.

모든 사람들은 의문을 지니고 마을의 지도를 보았지만, 관표가 이야기한 공간이나 녹림도원이 될 만한 어떤 것도 있어 보이지 않았다.

고민하던 이호란이 관표를 보고 말했다.

"전 도저히 문주님이 말한 공간을 찾을 수가 없습니다. 숲을 개간하면 어느 정도 공간은 확보할 수 있지만, 이전에 문주님이 말한 모든 것을 조성하기엔 부족하다는 생각입니다. 그렇다면 어떻게 하시려는 것인지 말씀을 해주십시오."

이호란의 말에 관표는 간단하게 말했다.

"내가 생각하는 녹림도원은 커다란 호수가 있어야 하고 튼튼한 집들이 있어야 합니다. 그리고 꽃과 나무가 우거져 있어야 하는 곳이지요. 또한 실내와 실외 연무장을 비롯해서 비밀 연무장도 있어야 하고, 무술을 배울 수 있는 건물도 따로 있어야 합니다. 무인이 살기 적합하고,

일반 사람들이 그냥 살기에도 더욱 좋은 무릉도원 같은 마을을 만들 것입니다."

장로들을 비롯한 수많은 사람들은 여전히 관표를 보고 있었다. 관표는 그들을 훑어본 후에 다시 이호란을 보고 말했다.

"내가 하려는 일은 간단합니다. 여기 두 개의 야산에 있는 돌과 흙을 가지고 마을 앞의 산과 산 사이를 막아 거대한 인공 호수를 만듭니다. 그리고 남은 돌과 여기 두 개의 숲에서 난 나무들을 가지고 마을 사람들과 우리가 거주할 집을 짓고 건물을 지을 것입니다. 그렇게 되면 수십만 평의 거대한 인공 호수가 만들어지고, 여기 두 개의 산이 없어지면서 우리가 생각하는 이상의 넓은 공간이 새로 생깁니다. 이 정도의 넓이라면 우리가 거주하고 필요한 공간을 확보하는 데 충분하고도 남을 것이라 생각합니다."

관표의 말을 들은 사람들은 모두 입이 딱 벌어진다.

관표는 아주 간단하게 말했지만, 수십만 평의 인공 호수를 만든다는 것은 생각해 본 적이 없었고, 바위산을 전부 들어낸다는 생각도 해본 적이 없었던 것이다. 그러나 관표의 말대로만 된다면, 정말로 이상적인 마을을 만들 수 있을 것 같기도 했다.

이호란은 다시 한 번 마을의 지형을 살펴보았다.

가능성이 있을 것도 같았다.

이때 듣고 있던 인물들 중에 한 명이 일어서서 관표에게 예를 표하고 물었다. 그는 장충수와 함께 온 인물로, 전 금룡표국의 표두였던 칠장도 오장순이었다.

"상당히 어려운 공사가 될 것 같은데, 그럼 우리들은 언제 무공을 수련하고 훈련받을 수 있는 것입니까? 그리고 그렇게 할 경우 너무 많은 시간이 걸릴 것이고, 인원도 너무 부족할 것 같습니다. 거기에 대한 대책은 있는지 알고 싶습니다."

상당히 중요한 질문이었다.

무림문파의 제자들이 무공을 익히지 않고 일만 한다는 것은 말도 되지 않는다. 더군다나 맹룡천문은 시작부터 많은 적을 두고 있는 상황이었다.

모두 궁금한 표정으로 관표를 본다.

관표는 그런 질문이 있을 줄 알았다는 표정이었다.

"우선 기간인데, 기간은 그리 길게 걸리지 않을 것입니다. 우선 인공호수의 경우, 여기 산과 산 사이가 좁아서 벽을 쌓는 데 걸리는 시간이 그리 오래 걸리지 않습니다. 그리고 무공 수련에 관해서인데, 일하는 그 자체가 타 문파의 어떤 수련보다도 더욱 강력한 수련 수단이 될 것입니다. 그리고 모자라는 일손들은 강시들이 도울 것입니다."

강시가 돕는다고 하자 그 말을 미처 듣지 못했던 몇몇 인물들이 놀라서 입을 딱 벌린다. 설마 강시들과 어울려 일을 하게 될 줄은 생각도 하지 못했던 것이다.

관표는 그 부분에 대해서 조금 더 자세한 설명을 하였다.

설명을 듣고 난 여광이나 장충수 등은 박수를 치며 환호하였다. 강시를 그런 식으로 사용할 줄은 생각도 하지 못했던 것이다. 그리고 강시화된 소들이 수레를 끌게 된다고 이야기를 하자 더욱 놀라며 그 기발한 생각에 찬사를 보냈다.

단지 오장순과 몇몇 인물들만이 강시와 함께 동고동락해야 한다는 말에 떨떠름한 표정을 지었을 뿐이다.

이때 여광이 물었다.

"그렇지만 제가 본 돌산은 만만하지가 않습니다. 그리고 돌산을 이루고 있는 바위의 크기도 어마어마합니다. 문제는 오른쪽에 있는 돌산입니다. 그 전체가 거의 바위 하나로 되어 있다고 해도 과언이 아닐 만큼 거대한 바위로 이루어진 산입니다. 그 바위를 잘라내는 작업만 해도 결코 쉽지 않은 일입니다."

여광의 말에 모든 사람들의 표정이 다시 굳어졌다. 그러나 관표는 여전히 여유가 있었다.

"그 부분은 아주 쉽습니다. 바위는 산 위에서부터 잘라내거나 들어낼 것입니다. 그리고 바위를 자르는 것은 방법이 있을 것 같습니다. 소소."

관표가 갑자기 여자의 이름을 부르자, 그녀의 존재를 몰랐던 여광과 장충수 등이 놀라서 관표의 시선을 좇아 막사의 문 쪽을 바라보았다.

사람들의 모습을 보면서 장칠고를 비롯한 기존의 녹림도원 수하들은 묘한 미소를 지었다.

소소를 본 장충수 등의 모습을 상상하면서.

문이 열리고 무명의 베옷을 입은 여자가 큰 나무 대접 하나를 들고 안으로 들어왔다.

막사 안이 갑자기 환해졌다.

장충수와 여광은 물론이고, 수많은 사람들의 얼굴은 모두 얼떨떨한 표정들이었다.

잠시 넋이 빠져 있던 장충수가 관표를 보며 물었다.

"참으로 인세에 드문 미모입니다. 어떤 관계인지 물어도 되겠습니까?"

모든 시선이 관표에게 모아졌다.

"제 아내 될 여자입니다."

순간 와아, 하는 함성이 울려 퍼졌다.

그 모습을 보면서 장칠고는 속으로 이상한 쾌감을 느낀다.

'남자들이라고 보는 눈들은 있어서. 우리 형수님의 미모야 선녀 이상이지. 흐흐.'

장칠고는 괜히 자신의 어깨가 으쓱해지는 기분이었다.

수컷들이란 참으로 이상한 동물들이다.

그들은 최상으로 아름다운 여자가 관표의 여인이란 사실만으로도 관표를 더욱 우러러보게 된다.

남자들의 세계에서 최상의 여자는 경쟁의 구도에서 가장 승자가 가진다는 시대의 진리 때문이기도 하지만, 이는 남자들의 우월주의가 한몫을 했기 때문일 수도 있었다.

모든 사람들의 부러움을 받으면서 관표는 그녀가 들고 온 나무 대접을 받아 들며 말했다.

"수고했소."

백리소소가 환하게 웃으면서 말했다.

"그래도 이것이 만들어져서 다행입니다."

목소리가 많은 사람들의 귀를 간지럽힌다.

마치 시원한 바람이 가슴을 스치는 느낌이었다.

관표는 대접을 들고 많은 사람들이 보는 앞에 놓으며 말했다.

"이것이 그것을 해결해 줄 것이오."

모든 사람들의 시선이 관표에게 모아졌다.

관표는 자신을 보는 수하들의 얼굴을 돌아본 다음 말을 이었다.

"이 대접 안에 든 물은 빙한수를 이용해서 만든 빙정이오. 이 빙정을 음양접의 성질과 잘 융합하였더니, 다음과 같은 결과가 나왔소. 우선 여기 안에 만들어진 맑은 물의 이름은 소청빙한수요. 이 빙한수는 나무는 얼리진 않지만 그 외의 물건은 이렇게 만듭니다."

관표는 품 안에서 나무로 만든 못을 꺼낸 다음, 막사 한쪽에 있는 제법 큰 돌을 집어왔다. 모두 관표를 보는 가운데 관표는 나무 못을 소청빙한수에 살짝 담았다가 돌 가운데를 그었다.

그러자 쩡 하는 소리가 들리며 돌이 갈라져 나갔다.

그 모습을 보고 모두 놀란 표정으로 소청빙한수와 돌을 바라본다. 관표는 돌을 들어 보이며 말했다.

"어떤 물건을 극한으로 얼리면 쉽게 부서집니다. 이건 누구나 다 아는 사실이지요. 하지만 이 소청빙한수는 나무 못으로 그은 부분만 직선으로 얼립니다, 마치 칼로 자른 것처럼 예리하게. 돌을 자르고 반듯하게 다듬어내는 데 이것보다 더 좋은 연장은 없죠. 또한 소청빙한수는 빙한수 한 방울과 음양접 한 방울이면 충분한 양을 만들 수 있습니다."

모든 사람들 얼굴에 화색이 돌았다. 설마 저런 방법이 있을 줄은 생각지도 못했던 것이다.

관표 역시 우연한 기회에 소청빙한수를 만들 수 있었다.

처음 관표의 생각은 아주 단순했다.

빙한수의 냉기로 돌을 얼리면 아주 간단하게 바위를 부술 수 있을 것이라고 생각한 것이다.

극한으로 언 바위를 깨는 것은 무공을 배운 사람들이라면 그리 어렵지 않을 것이다. 그래서 빙한수 한 방울을 이용해 절대극한의 빙수를 만들려고 하였다.

그것은 아주 쉬운 문제였다. 원래 빙한수 자체가 물에 타서 사용하는 것이고, 실제적으로는 극히 작은 한 방울만 해도 어지간한 호수 하나를 절대극한으로 얼릴 수 있는 것이 빙한수였다.

문제는 빙한수와 비슷한 성질의 빙수를 만드는 것인데, 그 부분은 이미 이호란에게 들어서 알고 있던 관표였다.

빙한수는 그 자체를 그냥 사용하는 것이 아니라 소음빙한수를 만드는 재료였던 것이다.

나무로 만든 거대한 그릇에 펄펄 끓는 물을 넣고 빙한수 한 방울을 떨어뜨린다. 그리고 천천히 식히면 빙한수와 똑같은 성질을 지닌 천음정한수(天陰精寒水)가 된다.

천음정한수는 달리 천음빙한수라고도 불린다.

천음정한수는 천음정한수를 만들지 못한다는 것뿐이지, 빙한수와 똑같았다. 실제 빙한수는 바로 이 천음정한수를 만드는 재료라고 보면 된다.

천음정한수는 음한 기운에선 오히려 빙한수보다 더욱 강했다. 이렇게 만들어진 천음정한수는 원래 있던 나무 그릇에서 옮겨지는 순간 극한의 음기를 지니게 된다.

이상하게 원래 있던 나무 안에서만 빙기를 띠지 않는다.

천음정한수를 만든 다음, 이것을 바로 사용할 수 있는 것은 아니다. 너무 차갑고 나무통을 벗어나는 순간 뭐든지 다 얼려 버리는 특성 때문에 함부로 사용하기도 어렵다. 그래서 천음정한수를 다시 한 번 걸러야 한다.

이때 천음정한수를 이용해서 만드는 것이 소음빙한수(少陰氷寒水)였다. 소음빙한수를 만드는 방식은 천음빙한수를 만드는 방식과 같다. 단지 나무 그릇이 아니고, 이번엔 반드시 흙을 구워 만든 그릇이어야 한다는 점이 다를 뿐이었다.

거대한 항아리가 소음빙한수를 만드는 데 아주 적합한 그릇이라고 할 수 있었다.

결국 한 통의 천음정한수로 만들 수 있는 소음빙한수는 상상 이상으로 많다 할 수 있었다. 이렇게 만들어진 소음빙한수는 관리하기도 쉽고 쓰기에도 편하다.

단지 소음빙한수를 담아서 옮기려면 반드시 옥으로 만든 그릇을 사용해야 하고, 그 옥 병 안에는 철 조각 하나가 들어 있어야 한다. 이렇게 소음빙한수는 화(물을 끓일 때), 수, 목, 토, 금을 전부 거쳐서야 사용할 수 있게 되는 것이다.

그래서 소음빙한수를 다른 말로 오행수라 불렀다고도 한다.

관표는 이 소음빙한수를 만들어 바위를 순간적으로 얼려 쉽게 깰 수 있게 만들려고 하였다.

한데 소음빙한수를 만들고 난 후, 관표는 소음빙한수 한 사발을 따로 퍼내어 음양접 한 방울을 떨어뜨리고 사용해 보았다. 그럴 경우 어떤 효과가 있을지 무척 궁금했던 것이다.

음양접 자체가 물이 있어야 사용할 수 있는 물건이기 때문에 소음빙한수와 어떤 작용을 할지 알아본다고 한 짓이었다. 그러자 음양접의 형질을 지닌 소음빙한수는 번지지 않고 바로 응고되어 버렸다.

마치 하나의 딱딱한 돌처럼 응고된 소음빙한수의 모습을 보고 관표는 얼떨떨해졌다. 그러다가 그 응고된 덩어리를 불로 다시 녹이자 녹으면서 생긴 빙한수로 인해 그릇이 얼어 깨져 버렸다.

소음빙한수의 성질이 조금 바뀐 것이다.

이번엔 뜨거운 물을 조금 부어보았다.

여전히 녹은 물로 인해 주변이 얼어버린다.

그런데 그 물이 이상하게 나무만 얼리지 못하는 것을 보고 관표는 나무 그릇으로 옮긴 다음 뜨거운 물을 부어 덩어리를 녹였다.

녹은 물은 은은한 청색을 띠었는데, 관표는 그 청색의 물을 소청빙한수라고 이름 지었다.

관표는 소청빙한수의 성질이 번지지 않고 닿은 부분만 얼린다는 사실을 알고, 이를 이용해서 돌산을 깎아내리거나 큰 바위를 다듬는 데 사용할 생각을 한 것이다.

관표의 설명을 들은 맹룡천문의 제자들은 모두 환호하였다. 하늘이 자신들을 돕는다고 생각했던 것이다. 그러나 그중에 웃지 못하고 있는 사람이 있었다면, 백골노조의 손녀인 오호란이었다. 그녀의 시선은 줄곧 소소에게 고정되어 있었다. 그녀의 눈에 가득한 것은 질시였다.

여름부터 시작된 녹림도원의 일정은 하루를 이십사 시진으로 쪼개도 모자랄 만큼 바빴다.

우선 관표가 한 일은 반고충과 이호란의 도움을 받아 수유촌을 중심으로 기문진을 설치하는 일이었다.

수유촌을 중심으로 넓게 퍼져 있는 산에 기문진을 펼치는 것은 수유촌의 안전을 위해서도 반드시 필요한 일이었다. 그리고 이호란을 비롯한 천기당이 사용할 수 있는 동굴은 마을 바로 뒷산에 있는 자연 동굴을 이용하기로 하였다.

동굴은 상상 이상으로 커서 천기당이 강시를 만들고 보관하기엔 충분하고도 남았다. 이는 마을 사람들이나 산적들이 위험이 닥쳤을 때 피난처로 사용하던 동굴이었다.

관표는 기문진을 만들면서 마을 우측에 있는 숲의 나무를 함부로 베어내지 못하게 하였다. 나무들 중에 꽃나무나 단풍나무, 그리고 소나무 등은 틈틈이 캐내어 옮겨 심기 시작했다. 그 나무들은 녹림도원의 전경을 아름답게 만들 것이다.

그리고 처음 시작한 일은 돌산을 중심으로 마을에 길을 내는 일이었다. 우선 길이 있어야 모든 작업이 수월해진다는 관표와 이호란의 생각이었다.

길은 마차 두 대가 충분히 지나갈 정도의 넓이로 하였고, 특히 중앙 대로는 마차 네 대가 나란히 달릴 수 있도록 넓게 만들어갔다. 그리고 그 길을 중심으로 집을 하나씩 지어가기 시작하였다.

재료는 숲에서 베어낸 나무와 돌산에서 얻은 돌을 재료로 사용했는데, 돌로 지은 집은 튼튼하고 보기보다 운치도 있었다.

관표는 마을의 조화와 아름다움을 위해 단 하나의 집을 짓더라도 정성을 다해서 집을 짓도록 명령을 내렸다.

집은 식구와 직위에 맞추어 살 사람이 원하는 형태로 집을 지어나갔다. 그리고 결혼을 하지 못하고 혼자인 천문의 형제들이 집단으로 거처할 건물도 지어야 했다. 또한 차후 그들이 가정을 가졌을 때 집을 지을 수 있는 공터도 충분히 있어야 했다.

많은 것을 감안하여 길을 내고 집을 지어갔다.

마을은 거주지와 천문의 본 건물들이 들어설 곳을 분리해야 했는데, 관표는 돌산을 치우고 그곳에 천문의 본 건물들을 세울 생각을 하였다.

사람들이 쉬고 잘 수 있는 집이 먼저라고 생각한 것이다.

마을 밖에까지 나는 길에는 돌을 사각형으로 얇게 잘라 깔고, 길옆으로는 수로를 만들어 아무리 비가 와도 진흙탕이 생기지 않게 하였다.

이는 집과 길의 설계를 담당한 이호란의 재지가 뛰어나 큰 무리 없이 일이 진행될 수 있었다. 특히 일을 시작하고 열흘이 지나면서 백사십 구의 강시가 일에 투입이 되었는데, 힘이 무식할 정도로 강하고 지치지 않는 강시 일꾼들의 활약으로 일은 몇 배가 빠르게 진행되고 있었다.

처음엔 강시란 점에 꺼려하던 맹룡천문의 수하들도 점차 시간이 지날수록 자연스럽게 강시들을 대하게 되었다.

중간에 큰 비가 몇 차례에 걸쳐 왔지만, 일을 하는 데 큰 방해가 되진 않았다.

관표의 지시에 따라 호수를 만드는 일은 우기인 장마철이 지난 다음 부터로 정해져 있었기 때문이다.

일이 시작되면서 관표는 수하들에게 적절한 무공을 전수하기 시작하였는데, 그 무공들은 반고충에게서 얻은 무공들이었다.

처음으로 온전한 무공을 접하게 된 일부 산적 출신 문도들은 눈물까지 글썽거리며 좋아했다. 표사 출신 무인들도 자신들이 배우고 아는 무공에 비해서 훨씬 고급의 무공을 접하게 되자, 산적 출신들 이상으로 감격해하였다.

관표는 수하들을 철저하게 세 조로 나누어 운용하였으며, 그렇게 함으로써 하루 열두 시진을 단 한 번도 쉬지 않고 일을 하게 하였다. 물론 여기에는 나름대로 이유가 있었다.

한 조가 일할 때 다른 한 조는 잠을 잤고, 나머지 한 조는 무공을 연습해야만 했다. 정확하게 네 시진으로 짜여진 이 방법은 열흘마다 조를 새로 편성하여 사람들이 골고루 사귀고 친해질 수 있도록 조처하였다.

한 조가 하루에 네 시진을 자고 네 시진 동안 무공을 수련한 후, 그렇게 다시 네 시진 동안 쉬지 않고 일을 하게 하였다. 그 다음 자기 전엔 반드시 한 시진 동안 무공을 수련하게 하였다.

어떤 조든지 반드시 이 순서를 따르게 하였는데, 밥 먹고 볼일 보는 시간 빼고는 조금도 쉬는 틈을 주지 않았다. 그러나 자는 시간만큼은 수하들이 무엇을 하든 내버려 두었다. 그리고 최소 두 시진 이상은 반드시 자도록 하였다.

즉, 남은 두 시진은 수하들의 자유 시간이라 할 수 있었다.

이는 나름대로 관표에게 생각이 있었기 때문이다.

관표는 일을 할 때 내공을 자유롭게 운용하는 방법을 터득할 수 있게 가르쳐 갔다.

먼저 무공을 수련한 다음, 일을 할 때는 무엇을 하든지 무공과 내공을 운용하여 일을 하게 만들었다.

나무를 자르고 바위를 잘라낼 때 전부 무공을 사용해서 하도록 하였는데, 처음엔 반 시진만 지나면 내공이 고갈돼서 기진맥진해했다. 그러면 그때부터는 내공을 제어하여 일부만 사용할 수 있게 하고 나머진 본신의 힘만으로 일을 하게 하였다.

바위를 자를 땐 소청빙한수의 도움을 받아 쉽게 자를 수 있었지만, 아무리 소청빙한수를 사용한다고 해도 과도한 내공 소모가 필요한 일이 바위를 잘라내는 일이었다. 그런 면에서 소청빙한수를 이용한 바위 자르기는 일 자체를 몇십 배 빠르게 만들었다.

또한 그 바위를 옮기고 다듬는 것엔 고도의 정신 집중이 필요했고, 이 또한 무공에 큰 도움을 주었다.

일이 끝나고 나면 무공이 강하고 약하고를 떠나 모두 기진맥진해졌다. 그만큼 일이 힘들고 쉴 틈이 없었다.

그렇게 탈진할 정도의 상태가 된 후 내공심법을 운용하면 무서운 속도로 진기가 충만해진다.

비워야 채워진다는 진리처럼, 내공을 거의 완전하게 소진한 다음 운용하는 내공심법의 효율은 평상시보다 몇 배나 더 효과적이었다. 그리고 바위를 검으로 자르고 쳐내는 일은 초식을 더욱 정교하게 만들어주었고, 네 시진에 걸친 일을 하면서 체력과 내공의 안배하는 법을 저절로 터득하게 되었다.

가을이 될 즈음부터는 강시화된 소 몇 마리가 시범적으로 공사 현장에 투입되었다.

이미 준비된 수레를 끄는 강시우들의 효과는 모든 사람들을 충분히 만족시키고도 남았다. 강시들과 강시우들은 지치지도 않았고, 어지간한 난공사에 사고가 나도 별로 다치는 경우가 없었다.

관표는 일을 그 정도에서 그치지 않았다.

우기가 지나면서 본격적으로 인공 호수를 만드는 작업을 시작한 것이다. 의외로 인공 호수를 만드는 작업은 쉬웠다.

수유촌 자체가 고지대라 마을을 가로질러 가는 개울물은 수유촌에서 마을 밖으로 나가는 좁은 틈 사이로 흘렀다. 돌과 나무를 이용해서 그 틈 사이에 뚝을 쌓기만 하면 되는데, 물이 빠진 다음이라 그 작업은 그리 어렵지 않았다.

먼저 강시우들이 끄는 마차를 이용해서 마을 어귀까지 돌과 흙을 운반하였다.

길은 이미 제일 먼저 닦아놓았기에 우마차가 오고 가는 것엔 큰 문제가 없었다.

그 외에 천문의 수하들 일부는 돌을 직접 지고 나르기 시작하였다. 이제 일을 힘들게 하면 할수록 무공의 진보 속도가 빠르다는 것을 알게 되었기 때문이다.

이는 처음부터 관표가 노린 부분이기도 하였지만, 그 효과는 탁월하였다.

그리고 일 자체가 무공에 큰 도움이 된다는 것을 알게 되자 그들은 잠시도 쉬지 않았다.

관표는 그들에게 무조건 일을 한다고 무공이 높아지는 것이 아님을 강조하였다.

요는 일을 하는 데 무공을 어떻게 응용하느냐 하는 점이었다.

이렇게 옮겨진 바위와 흙은 관표가 사대신공을 이용하여 계곡 아래로 던졌다. 그리고 처음 산 위에서 바위를 잘라냈을 때, 그걸 아래로 정확하게 던진 것도 관표였다.

그렇게 시간이 지날수록 관표도 사대신공을 응용하고 돌을 던져 원하는 곳에 떨어지게 만드는 것이 점점 정교해지고 있었다.

계곡을 막고 인공 호수를 만드는 작업이 시작되자 관표는 거의 쉬는 시간이 없을 만큼 바빠졌다.

마을 주변에 기문진을 설치하는 문제도 쉽지 않은 일이었지만, 관표는 다른 할 일이 따로 있었다.

관표는 바위를 잘라낸 돌을 이용해서 마을 앞에서 계곡 안의 동산까지 땅을 파고 그 안에 돌을 심으면서 쌓아 올리기 시작했다. 관표는 그 돌에 음양접을 발라 쌓았기 때문에, 그 돌들은 마치 하나의 돌을 다듬어놓은 것처럼 튼튼하게 쌓아지기 시작했다.

사람들은 모두 의아한 표정들을 지었다.

대채 마을 앞에서 동산까지 왜 돌을 쌓는지 이해를 못했던 것이다. 그리고 몇 달이 지나서야 관표가 마을 앞에서 동산까지 마차 두 대가 다닐 정도로 넓은 큰 돌 다리를 만들고 있다는 것을 알았다.

마을에서 돌과 나무를 이용해서 집을 짓고, 인공 호수를 만들기 위해서 돌과 흙으로 둑을 쌓는 일 등 수많은 곳에 음양접은 더없이 훌륭

한 도구였다.

　못이 필요없었다. 무엇이든지 붙이면 떨어지지 않고 붙어버리는 음
양접의 성질은 건축에 있어서 최상의 접착제였다.

　이렇게 관표가 생각한 녹림도원이 조금씩 만들어져 가고 있었다.

第十一章
하수연의 결정

천문의 장로들과 총당주인 장충수, 그리고 관표가 모여 있는 곳은 임시 막사 안이었다.

장칠고와 장삼이 비룡단의 대표로 함께하고 있었다.

그들은 앞으로 맹룡천문의 일정과 일에 대한 중간 점검을 위해 모인 것이다.

관표는 일을 하면서도 수시로 크고 작은 회의를 열어 많은 사람들의 의견을 수렴하고 있었다.

오늘 모인 것은 녹림도원의 살림과 겨울나기에 대한 대책 때문이었다.

먼저 관표가 반고충을 보고 물었다.

"사부님, 지금 천문의 자금이 얼마나 됩니까?"

"지금은 어느 정도 여유가 있지만, 결코 넉넉하다곤 말할 수 없네. 나중을 위해서도 지금 충분히 준비해 두는 것이 좋을 것 같네. 그리고 겨울을 나기 위해선 미리 충분한 식량과 난방 준비를 할 필요가 있을 것 같네. 산속의 겨울은 유난히 춥고 길게 마련이지."

"이제부터 준비를 해야 할 것 같습니다."

"어떻게 할 참인가?"

"일에 익숙하지 않은 수하들이 대부분이었습니다. 혹시라도 그들이 다른 생각을 할까 봐 틈을 주지 않고 몰아쳤습니다. 다행히 넉넉한 보수와 무공을 배운다는 일념 때문에 모든 불만을 접고 열심히 하는 것 같습니다. 이제 그들에게 쉴 시간과 금전적으로 약간의 득을 주어 달래야 할 것 같습니다. 그리고 난 후에 겨울나기 준비를 할 생각입니다. 그리고 만약을 위해서 충분한 식량이 필요합니다. 따로 식량 창고를 크게 증축할 생각입니다. 그거 외에도 돈을 버는 문제에 대해서도 생각해 봐야 할 것 같습니다."

듣고 있던 백골노조가 고개를 끄덕이며 말했다.

"좋은 생각입니다. 이왕 생각한 거 조금도 지체하지 말고 빨리 실행하는 것이 좋을 것 같습니다."

백골노조의 말을 들은 관표가 빙긋이 웃으면서 말했다.

"강시의 제조 문제는 어떻습니까?"

관표의 물음에 백골노조가 어깨를 으쓱하며 말했다.

"빙한수의 도움으로 속도가 점점 빨라지고 있습니다. 이제 내년 봄이면 강시마와 함께 지금의 강시보다 훨씬 강하고 멋진 강시를 보실 수 있을 것입니다."

백골노조의 얼굴엔 자신감이 가득했다.

관표가 기쁜 표정으로 말했다.

"다행입니다. 기대가 큽니다."

"걱정 마십시오, 문주."

"이제 일할 수 있는 인원이 더욱 많이 필요해지고 있습니다. 마을이 어느 정도 정비가 된다면, 그 다음은 관도에서 마을 근교까지 길을 내야 합니다. 그 길을 이용해서 물자를 실어 나르고 상단을 활성화시켜야 합니다. 그런 면에서 강시들은 아주 큰 힘이 될 것입니다. 비록 우리가 녹림이지만, 도적질이나 힘은 꼭 필요할 때만 사용해야 합니다. 특히 명분없는 도적질은 절대로 하지 않을 작정입니다."

관표의 말을 들은 백골노조가 궁금한 표정으로 물었다.

"문주님께 묻고 싶은 것이 있습니다."

"말해 보십시오."

"이제 이 정도의 힘에 상업 활동까지 할 거라면 굳이 녹림을 표방하지 않아도 되지 않겠습니까?"

백골노조의 말에 관표의 얼굴이 굳어졌다.

"세상은 법으로만 살 수 있는 것이 아닙니다. 그리고 어차피 우리가 정파라고 말해 봐야 누가 믿어주지도 않을 것입니다. 우리는 당당하게 훔칠 것입니다. 그렇지만 우리가 이루려는 것은 결과적으로 협입니다. 그 협을 우리 나름대로 이루어갈 것입니다. 다행히 정파라는 허울은 없으니 크게 체면 차릴 필요까진 없을 것입니다. 그게 우리한테는 힘이 될 수 있다고 생각입니다."

백골노조는 관표가 하는 말을 전부 알아듣진 못했다. 그러나 관표가 가고자 하는 길을 어렴풋이 알 수는 있을 것 같았다. 그의 말을 듣고 있으면 어느덧 가슴이 벅차오름을 느끼곤 했다.

듣고 있던 장삼이 물었다.

"그렇다면 우리는 협객이 되는 것입니까?"

관표가 장삼을 보면서 힘있는 목소리로 말했다.

"지금까지 모든 정의는 정파라고 말하는 자들의 저울로 측정되어 왔다. 그리고 자신들 스스로가 저지른 과오는 모두 쉬쉬하며 모른 척 지나갔지. 우리는 그들이 하지 못했던 정의를 실현할 것이다. 그리고 그들이 과오를 저지르면, 우리는 협이란 이름으로 그들을 벌할 것이다. 그들도 잘못하면 벌을 받을 수 있다는 것을 세상에 알려줄 것이다. 그러기 위해서 선행되어야 할 것이 힘이다. 그들로서도 감히 어쩌지 못하는 큰 힘이 있어야 우리가 하고 싶은 일을 할 수 있다."

관표의 말을 들은 장칠고와 장삼의 표정이 상기되었다.

말만 들어도 가슴이 두근거린다.

일개 산적에 불과했던 자신들이 하고자 하는 일이 너무 거대했던 것이다. 그러나 관표의 말을 듣고 있으면 정말 그렇게 될 거라는 기분이 든다.

잠시 숙연했던 분위기를 깬 것은 백골노조였다.

"문주님께서는 자금 문제를 해결할 수 있는 방안이 있으신 것입니까?"

관표가 밝은 모습으로 대답하였다.

"이제부터라도 생각해 볼 겁니다. 다른 분들도 좋은 방도가 있으면 주저 말고 말씀해 주시기 바랍니다. 내일 다시 한 번 모여서 회의를 하기로 하겠습니다."

일단 정리를 하고 관표가 자리에서 일어서려 할 때였다.

"문주님께 보고드릴 일이 있습니다."

나직한 목소리는 청룡단의 부단주 중 한 명인 적황의 목소리였다.

"무슨 일인지 들어와서 말해라!"

관표의 명령이 떨어지자 대기하고 있던 적황이 안으로 들어왔다.

적황의 표정은 조금 굳어 있었다.

"식량을 사러 갔던 수하 한 명이 돌아오던 중 작은 상단의 여자를 납치하여 폭행하고 죽였다 합니다."

관표의 얼굴이 굳어졌다.

"누가 그랬던가?"

"철조(鐵爪) 유백(有白)입니다."

관표의 표정이 더욱 굳어졌다.

철조 유백은 천검대의 부대주였다.

또한 처음 관표가 거둔 수하들 중 한 명으로, 차후 천문에 꼭 필요한 인재 중 한 명이었다.

백골노조가 관표를 바라보며 말했다.

"어쩔 작정이십니까?"

관표는 자리에서 일어나며 말했다.

"일단 만나서 자초지종을 들어봐야 할 것 같습니다."

관표가 막사의 문을 열고 나서려 할 때였다.

지금까지 단 한 마디도 하지 않고 있던 관복이 말했다.

"표야!"

관표가 관복을 돌아보며 대답하였다.

"하실 말씀이 있시면 말씀하십시오, 아버님."

"규율은 엄하고 모든 사람들에게 평등해야 한다. 그리고 큰일을 하려면 너의 단호함을 보여주어야 할 필요가 있다. 네가 잘 알아서 하겠지만, 혹시나 해서 말하는 것이다."

"걱정 마십시오, 아버님."

관표가 돌아서서 나갈 때 백골노조가 기이한 표정으로 관복을 본다. 단순히 관표의 아버지라서 이 자리에 있는 줄 알았다. 그러나 지금 관복이 한 말은 일개 화전민 노인이 할 수 있는 말이 아니었다. 또한 그 말에 동요없이 관표를 바라보는 수유촌의 전 촌장이나 조공의 아버지 또한 평범해 보이지 않았다.

그렇게 생각하니 자신은 관표에 대해서 아는 것이 없는 것 같았다. 백골노조는 녹림도원에 들어와서 이래저래 놀란 것이 한두 번이 아니었다.

그중 가장 놀란 것은 관표의 약혼녀인 소소의 미모였다.

녹림왕의 약혼녀라고 하기엔 그녀의 미모와 성품이 너무나도 뛰어났다. 소소의 미모는 능히 경국지색이라 말하고도 남을 만했던 것이다.

사람의 취향에 따라 미모의 판단 방법이 다를 수 있을진 몰라도 소소의 미모와 성품은 그것을 넘어서는 무엇인가가 있었다. 자신의 손녀인 이호란도 상당한 미모를 지녔지만, 그녀와 비교하는 것은 확실히 무리가 있었다.

은근히 어떤 기대를 했던 그는 소소를 보고 절망했었다.

모과산, 녹림도원이 내려다보이는 봉우리 중턱에 두 명의 여자가 나무 위에 앉아 있었다.

한 명의 여승과 한 명의 경장여인은 멀리 보이는 녹림도원을 내려다보면서 호흡을 고르고 있었다.

경장여인은 관표와 각별한 인연이 있는 하수연이었고, 여승은 불괴연옥심의 둘째 제자인 금연 사태였다. 금연 사태는 나이가 오십이 넘었지만, 이제 겨우 삼십대 초반으로 보였다.

금연 사태가 하수연을 보면서 말했다.

"이거, 보기보다 관표란 자가 대단한 모양인데. 수하들도 제법 있고, 저들 중에 대과령이나 여광은 결코 만만한 상대가 아니야. 그리고 백골노조의 강시들도 제법 귀찮은 존재들이지. 하지만 뭐, 마음만 먹는다면 사매와 나 둘이면 충분하겠지. 어떻게 할까?"

만만치 않다는 뜻으로 말을 하곤 있었지만 금연 사태의 표정엔 어디에도 긴장한 표정이 없었다.

하수연의 얼굴은 얼음장처럼 차갑게 굳어 있었다.

"그렇게 쉽게만 생각할 것은 아니에요. 사저는 관표란 자가 얼마나 교활한지 몰라서 하시는 말입니다."

그녀는 관표와의 일을 생각만 해도 치가 떨렸다.

금연 사태는 조금 더 흥미로운 표정을 하고 하수연을 바라본다.

그녀의 처지를 모르는 것은 아니고, 관표와 있었던 일을 모르는 것도 아니었다. 강호무림인치고 그것을 모르는 사람이 있을까? 아마도 단 한 명도 없을 것이다. 당시에 하수연이 관표에게 당한 이야기는 강호무림에서 최고의 이야깃거리였고, 지금도 전설처럼 전해 내려오는 수많은 이야기 중 백미였다. 그러나 그녀가 알고 있기로, 당시 관표는 무공을 전혀 모르는 자였다.

다른 사람들은 몰라도 하수연에게 직접 이야기의 전모를 들은 금연이었다. 그렇다면 그동안 아무리 무공을 배워보았자 좀도둑들한테나 통할 정도의 수준일 것이다.

여광이나 대과령 등이 대단한 실력을 지니고 있는 것은 사실이지만, 결코 금연 사태에게 위협이 될 정도는 아니었다.

물론 그녀도 근래 관표에 대한 소문을 못 들은 것은 아니었다. 그러나 그것은 관표가 진정한 실력자를 만나지 못했기 때문에 과대 포장되어 번진 소문이라고 가볍게 생각했던 것이다.

"사매, 너무 소심한 거 아니야?"

"조심해서 나쁠 것은 없어요. 관표를 과대평가하는 것이 아니라 자칫해서 놓치기라도 하면 다시 잡기 어려울지도 몰라요."

"그럼 어떻게 할 작정이지?"

"현재 녹림맹의 움직임이 심상치 않으니, 일단 그들과 싸우는 것을 구경하는 것도 재미있을 것 같아요. 그래서 이기든지 지든지 이 기회에 녹림맹까지 한꺼번에 처리할까 생각 중이에요."

"그렇다면 지원군이 조금 필요하겠군. 최소한 퇴로를 막고 있을 만한 인원은 있어야 할 테니까."

"그것은 아버지님께 부탁할 생각이에요."

"호호, 화산의 고수들이라면 자격이 차고도 넘치지. 그럼 기대해 볼까?"

금연 사태가 웃으면서 즐거워하고 있을 때 하수연의 얼굴엔 독기가 서리고 있었다.

'네놈을 사로잡아서 죽지도 살지도 못하게 해주마!'

그녀는 반드시 꼭 그렇게 하겠다고 다짐에 다짐을 하고 있었다. 죽여도 쉽게 죽이고 싶지 않았다. 그동안 마음 고생한 것과 당한 수치심의 수백 배를 더해서 돌려준 다음 죽이고 싶은 것이 그녀의 심정이었다.

철조 유백은 조금 겁을 먹었지만 당당했다. 겨우 평민의 여자를 범한 것뿐이었다.

녹림에서는 흔히 있는 일이었다.

비록 이번에 엄격한 규칙이 만들어졌지만, 처음부터 함께한 자신에게 중형이 내려질 거라고는 생각하지 않았다.

유백을 보고 있는 다른 사람들의 시선 역시 큰 차이는 없었다.

단지 몇몇 관표의 성격을 잘 아는 사람들과 여광, 장충수의 표정은 무거웠다.

결코 가볍게 넘어갈 문제가 아니라고 생각했던 것이다.

이번 일을 용서로 넘어가면 정해놓은 규율의 존재감은 상실된다. 그렇게 되면 나중에라도 다시 규율을 어기는 자가 나타났을 때 문제가 될 수 있었다. 그렇게 되면 규율은 유명무실해지고, 기강은 해이해질 수 있다.

이미 한 단체의 수장이었던 장충수나 여광은 그 점을 잘 알고 있었다. 드디어 관표가 나타나자 천검대 대주인 막사야가 자초지종을 설명하였다.

"결국 명백한 유백의 잘못이군."

"그렇긴 합니다. 그러나 문주님, 유백은 처음부터……."

"처음부터 함께했으면 규율을 어겨도 된다고 생각하는가?"

"그, 그건……."

관표는 냉정한 시선으로 유백을 보며 말했다.

"너는 엄연히 큰 잘못을 저질렀다. 그런데도 자신의 잘못을 제대로 알지 못하는 표정이구나."

관표의 냉정한 말을 들은 유백은 당황한 표정으로 막사야를 보다가 다시 관표를 보면서 말했다.

"제, 제가 잘못했습니다. 부디 너그럽게 용서해 주십시오."

관표는 그 자리에서 크게 꾸짖으며 말했다.

"너 하나로 인해서 천문은 도적질이나 하고 유부녀나 강간하는 삼류 녹림의 무리로 오해받게 생겼다! 그리고 그에 앞서 너는 규율을 무시 하여 다른 사람들에게도 선례를 남기려 하였다!"

유백의 표정이 창백하게 질렸다.

"우호법."

대과령이 자리에서 일어서며 대답하였다.

"충! 말씀하십시오, 문주님."

"규율은 엄한 것이다. 규율대로 즉형에 처해라! 그리고 수하를 잘못 관리한 천검대 대주 막사야는 앞으로 육 개월간 감봉에 처하도록!"

그 말을 남기고 관표는 그 자리를 빠르게 벗어났다.

유백의 안색이 창백하게 질렸고, 막사야 역시 당황해서 어쩔 줄을 모른다.

유백은 막사야를 보면서 겁에 질린 목소리로 말했다.

"사, 살려주십시오, 대주!"

막사야는 잠시 유백을 보다가 관표가 나간 곳으로 빠르게 쫓아나갔다.

막사야는 멀지 않은 곳에 서 있는 관표를 보고 다가서다가 그 자리에 멈추고 말았다.

하늘을 보고 멍하니 서 있는 관표는 울고 있었던 것이다.

그의 심정이 어떤 것인지 충분히 짐작하고 남음이 있었다.

관표의 모습을 본 막사야는 말문이 막혔다. 그는 그 자리에 서서 잠시 생각을 해보았다.

막상 유백을 규율대로 처리하지 않는다면 정해놓은 천문의 규율은 엉망이 될 것이고, 차후 규율을 어기는 수하들에게 엄격해질 수 없을 것 같았다.

관표의 심정이 이해가 갔다.

막사야는 가볍게 한숨을 쉰 후 관표에게 다가가 고개를 숙이며 말했다.

"본 대주가 모자라 수하 관리를 제대로 하지 못해서 벌어진 일입니다. 문주님께서는 너무 가슴 아파하지 마십시오. 유백 또한 문주님의 마음을 잘 알 것이라 생각합니다."

관표는 망연한 시선으로 막사야를 바라보다가 말했다.

"그에게 가족이 있다면 잘 거두어주십시오."

"명심하겠습니다."

말을 하는 막사야의 목소리는 울먹이고 있었다.

관표는 돌아서서 자신의 거처로 빠르게 움직인다.

그날 이후 감히 천문의 규율을 어기는 수하들은 없었다.

무림은 항상 크고 작은 일들이 일어나고, 그것은 빠르게 강호 전역으로 퍼져 나간다. 오죽했으면 강호의 소문은 전서구보다 빠르다는 말이 있을까.

근래 강호는 온통 녹림왕 관표에 대한 이야기로 가득했다. 만 근의 쇠조각 상을 뽑아 던졌다는 이야기부터 그의 무공이 근래 젊은 층에서 가장 강하다는 이야기, 그리고 무후천마녀와 겨룰 수 있는 유일한 후기지수로 십이대초인 이후 가장 강한 고수라는 소문까지 나돌았다.

특히 철기보를 멸문시킨 것은 강호무림에 엄청난 파문을 일으켰고, 정파라 지칭하는 문파들은 관표를 응징해야 한다고 목소리를 높였지만 실제로 앞장서서 나서는 문파는 없었다.

소문대로라면 관표의 힘이 만만치 않다고 생각한 것이다. 괜히 앞장 섰다가 피해를 입을 수 있다는 생각 때문이었다.

단지 관표와 은원 관계가 있는 사천당문과 화산파가 움직이고 있다는 말이 풍문으로 떠돌고 있을 뿐이었다. 그러나 어느 순간 관표에 대한 소문은 독종 당진진이 백호궁을 방문했다는 소문으로 인해 뒷전으로 밀리고 말았다.

독종 당진진이 묵뢰와 겨루어 이겼다는 소문과 함께, 당진진이 전왕 묵치에게 도전했다는 사실이 알려지면서 강호는 온통 그 이야기로 시작해서 그 이야기로 끝을 맺을 정도였다.

동시에 칠종 중에 검종과 도종마저 강호에 등장했다는 소문이 파다하게 번지기 시작했다. 덕분에 관표와 녹림도원에 대한 관심은 완전히 뒷전으로 밀리고 말았다.

　이것은 관표에게 있어선 다행스런 일이라고 하겠다.

　이렇게 강호무림이 십이대초인들의 연이은 등장, 그리고 당진진과 전왕 묵치와의 대결로 집중되어 있을 때 녹림은 새로운 전기를 맞이하고 있었다.

　가을로 접어든 어느 날, 청룡단의 한 명인 모삼(慕三)이 잰걸음으로 관표에게 달려왔다.

　믿을 수 없을 만큼 거대한 돌을 들어올리던 관표가 의아한 시선으로 그를 바라보았다.

　"문주님께 아룁니다. 녹림맹에서 사람이 찾아왔습니다."

　관표가 바위를 내려놓으며 말했다.

　"녹림맹이라… 드디어 왔군. 그들은 어디에 있는가?"

　묻는 관표의 표정은 담담했다.

　이미 그들에게 한 번은 연락이 올 것이라고 생각하던 참이었다.

　"마을 밖에서 대기하고 있는 중입니다."

　관표가 계곡 안에서 올라온 다음 옷을 입으며 말했다.

　"그래? 그럼 만나봐야지. 그곳으로 가자."

　"충."

　모삼이 앞장서서 걸어가기 시작했다.

　마차 몇 대가 한꺼번에 지나다닐 수 있을 정도로 넓은 길이 시원하게 마을 입구까지 뻗어 있었다.

그 길을 이용해서 강시우가 끌고 있는 우마차들이 마차에 바위를 가득 싣고 열심히 이동을 하고 있었다.

그 마차들은 잘 만들어진 길을 이용해서 사방으로 움직이는 중이었는데, 우마차들의 바퀴는 쇠로 만들어져 있었다.

이미 마을을 관통하는 길에서부터 마을의 근간을 이루는 작은 소로까지 길은 거의 다 만들어진 상태였다.

돌을 반듯하게 잘라 덧대어 간 길은 물 빠짐이 잘되어 있고 튼튼한지라, 바위를 실은 마차가 지나가도 바퀴 자국조차 안 생겼다. 그리고 길 양옆으로는 꽃나무와 소나무가 나란히 심어져 있어 운치가 있었다.

마을 입구의 산과 산 사이까지 이어진 대로는 마을 앞에서 일단 멈추었다. 그 입구에는 산 한쪽을 깎아내고 돌과 나무를 이용해서 만들어놓은 건물이 하나 있었는데, 건물 안에는 몇 명의 천문 제자들이 쉬고 있었고, 두 명의 수하는 마을 길 앞에 서서 초번을 서고 있었다.

이 건물이 바로 녹림도원으로 들어가는 관문이라 하겠다.

건물의 이름은 비운각(飛雲閣)이었다.

마을 밖에서 보면 언덕 위에 서 있는 건물이 마치 구름 속을 날고 있는 것 같다고 해서 지은 이름이었다.

수하들은 관표가 나타나자 비운각 안에서 일제히 뛰어나와 정렬을 하고 인사를 하였다.

관표가 수하들의 인사를 받고 지나쳐 나오자 길은 좁아지면서 급격한 경사를 이루며 아래로 흘러내려 갔다.

관표는 그 자리에 서서 잠시 비운각과 수하들을 본 다음 모삼을 보면서 말했다.

"이곳에 거대한 성문을 만들어야겠다. 비운각과 연결되고 저 맞은편 산까지 이어진 거대한 담을 쌓고, 그 사이에 대문을 만들면 되겠지. 녹림도원에 대문이 없을 순 없지 않는가. 그리고 여기서부터 저 아래까지는 돌로 계단을 만들고, 한쪽으로는 마차 한 대가 지나칠 수 있는 길을 만들면 좋겠다."

모삼은 관표의 말을 듣고 상상을 하며 물었다.

"그러면 여기 길옆으로 해서 저쪽 산까지 쌓아 올리고 있는 인공 호수의 둑 위로 담을 쌓아야 합니다. 그리고 물이 넘치지 않게 한쪽을 낮게 만들어야 하는데, 그곳은 어떻게 할 생각이십니까?"

관표는 모삼의 말을 들으면서 산과 산 사이의 아래를 내려다보았다. 그곳에선 지금 천문의 제자들과 강시들이 부지런히 돌과 흙으로 둑을 쌓고 있었다. 상당한 넓이로 쌓아 올리는 둑은 벌써 큰 진전을 보이고 있었다.

원래 계곡 자체가 마을 안쪽으로 호로처럼 생긴 데다가, 주둥이 쪽인 산과 산 사이가 좁아서 작업을 하기가 어렵지 않았다.

"물이 빠지는 부분은 동굴처럼 터놓고 따로 수문을 만들어놓으면 된다. 그래서 물이 넘치려 하면 수문을 열어 물을 조절할 수 있게 만들면 되겠지. 그리고 수문을 길 안쪽으로 만들어서 혹시 그곳으로 침입하는 자가 있는지 잘 살필 수 있게 만들면 되겠지."

그 말을 들은 모삼이 안심한 표정으로 말했다.

"좋은 생각이십니다. 그 문은 녹림도원과 밖의 세상을 이어주는 곳이 될 것입니다."

모삼의 말에 관표는 밝게 웃었다.

담이 세상과 단절시켜 주는 것이 아니라 이어주는 곳이라 표현한 모삼의 말이 마음에 들었던 것이다.

"자, 모두들 기다리겠다. 어서 가보기로 하지."

"충."

관표와 모삼의 신형이 조금 더 빠르게 언덕을 내려가기 시작했다.

第十二章
모과산에 이는 바람

녹림도원으로 올라가는 길에서 백 장 정도 떨어진 곳에 조금 커다란 공터가 있고, 그곳에는 거대한 임시 막사와 나무로 만들어진 제법 큰 건물 두 채가 서 있었다.

이곳은 마을로 들어가기 위해서 반드시 거쳐야 하는 곳으로, 마을 외곽을 순찰하거나 여러 가지 잡무를 보기 위해 만들어진 곳이었다.

사냥을 하거나 마을 밖에서 농사를 짓고 수확하는 일들이 전부 이곳을 중심으로 이루어지고 있었다. 뿐만 아니라, 혹시라도 누군가가 찾아오면 이곳에서 일단 일차로 맞이한 다음 마을 안으로 들여보내도 되는 자와 안 되는 자를 가리기도 하는 곳이었다.

즉, 임시로 손님을 맞이하는 곳이기도 했던 것이다.

혹여라도 누군가가 찾아왔을 때, 녹림도원의 비밀을 위해서 함부로 마을로 들여보낼 수 없었던 것이다.

마을 사람들이 화전을 일구고 있던 논과 밭은 그곳에서 얼마 떨어지지 않은 곳에 있었기에 한쪽 건물은 임시 창고로도 쓰이고 있었다.

기존에는 작은 오두막이 하나 존재하는 곳이었지만, 관표의 지시로 지금의 두 채에 이르는 건물과 임시 막사가 만들어졌다. 추후 관표는 이곳을 천문의 외적인 일을 담당하는 외당으로 만들 생각이었다. 이곳에는 항상 열 명 정도의 천문 수하들이 교대로 상주하면서 외곽 순찰을 감당하였고, 마침 오늘 외곽 순찰은 청룡단 담당이었다. 그리고 그 책임자는 부단주이자 청룡단 서열 이위인 적황이었다.

원래 청룡단은 문주의 직할로, 문주와 그 식솔들을 호법하는 임무와 문주로부터 직접 명령 받은 일들을 수행하는 것이 주임무였지만, 지금은 여러 가지로 바쁜 상황이라 녹림도원의 작업이 끝날 때까진 다른 당과 똑같이 활동하고 있었다.

단지 여러 가지 면에서 문주인 관표를 돕는 일은 게을리하지 않았다.

하나의 목조 건물 안에는 십여 명의 인물이 모여 있었다. 두 개의 건물 중 손님을 맞이하기 위해 만들어놓은 건물 안이었다.

한쪽으로는 적황을 비롯한 여섯 명의 청룡단원이 있었고, 다른 한쪽으로는 네 명의 인물이 오만한 표정으로 앉아 있었다.

적황은 적잖게 당황한 표정이었다. 그 역시 녹림칠십이채 중 한 곳인 노가채 출신이었기에 앞에 앉아 있는 인물들을 잘 알고 있었다. 특히 그중에서도 적황이 가장 두려워하는 인물은, 바로 자신의 전면에 앉아 있는 우람한 체구의 노인과 날카로운 인상의 청년이었다. 두 사람은 모두 적황과 안면이 있는 사람들이었다.

그중에서도 적황의 바로 코앞에 앉아 있는 노인은 적황과 상당히 잘 아는 사이라 할 수 있었다.

유난히 손이 크고 긴 노인의 얼굴은 고집스럽고 오만해 보였지만, 노강호의 노련함과 사나운 기세가 잘 갈무리되어 있었다. 노인은 녹림마제 사무심의 심복이라고 할 수 있는 녹림사천왕 중 한 명으로, 표리독수(彪利毒手) 장환(長煥)이었다.

장환은 노골적으로 비웃음을 띤 채 적황을 보면서 말했다.

"네놈은 노채주를 배신하고도 모자라 여기에 빌붙더니 제법 한자리를 차지한 모양이구나. 흐흐."

장환의 말에 적황은 식은땀이 흐르는 것을 느꼈다.

적황은 지금 눈앞에 있는 노인이 얼마나 포악하고 오만한지 잘 알고 있었다. 그리고 자신 정도의 실력이라면, 열 명이 있어도 이길 수 없는 상대란 것도 잘 알고 있었기에 가슴이 조마조마하였다. 그러나 적황의 뒤에 서 있는 다섯 명의 청룡단 인물은 달랐다.

그들 중 특히 원래부터 청룡단이었던 왕호는 당장이라도 장환에게 달려들 기세였다.

얼굴에 푸른 반점이 있다 해서 청면삼랑(靑面蔘郎)이란 별호를 가진 왕호는 청룡단 서열 사위였다.

단주인 장칠고와 부단주인 적황, 그리고 장삼을 빼면 최고 서열이었다.

원래부터 성격이 불같은 왕호는 자신이 청룡단이라는 사실에 엄청난 자부심을 지니고 있었다. 그리고 그에게 있어서 관표는 곧 하늘이었고 신이었다.

젊은 혈기로 가득한 그는 관표와 단주인 장칠고를 제외하면 세상에 무서운 것이 없는 인물이었다. 그런 만큼 부단주인 적황이 장환의 앞에서 쩔쩔매는 것이 영 못마땅했다.

그는 아직까지 내가의 고수를 만나보지 못했기에 적황 입장을 이해하지 못한 것이다.

왕호는 이를 부드득 갈며 장환을 노려보았다.

장환은 그런 왕호의 기세를 눈치채고 '호' 하는 표정으로 왕호를 보면서 말했다.

"제법 기개가 있군. 하지만 그러다 제명에 못 죽는다."

왕호를 자극하는 말이었다.

적황은 더욱 당황했지만 침착하게 앞으로 나서며 말했다.

"원래 청룡단의 기개는 결코 누구에게도 뒤지지 않습니다. 하지만 아무에게나 함부로 덤빌 정도로 어리석지도 않습니다."

왕호는 당장 뛰쳐나가려고 하다가 멈추었다. 비록 성격이 불같긴 했지만 적황의 말을 못 알아들을 정도로 바보는 아니었던 것이다.

최소한 왕호의 실력이 관표를 만나서 비약적으로 발전하였지만, 원래부터 체계적으로 무공을 배운 적황보다는 한 수 아래였다. 왕호는 이미 적황과 한 번 겨루어보았기에 그것을 잘 알고 있었다. 적황이 자신보다 위인 부단주의 자리에 앉은 것에 불만을 품고 도전했었던 것이다. 그런 적황이 한 말이라면 무시할 수 없었다. 그리고 적황은 부단주였다.

청룡단에서 서열은 그 무엇보다도 엄격했다.

왕호는 성질을 눌러 참았지만, 그의 시선은 여전히 장환을 노려보고 있었다.

장환의 입꼬리가 말려 올라갔다.

더욱 맘에 들지 않았다.

적황 따위가 당당하게 대꾸하고 나오는 것도 맘에 들지 않았고, 왕호의 기개도 맘에 들지 않았다.

생각 같아서는 적황과 왕호를 당장이라도 쳐죽이고 싶은 것을 겨우 눌러 참으며 말했다.

"흐흐, 제법이구나, 적황. 저놈도 제법이고. 하지만 그래 봤자 오합지졸이지."

왕호가 다시 나서려 할 때 적황이 한 손을 들어서 다시 한 번 제지하며 말했다.

"선배, 오합지졸인지 아닌지는 차후 아시게 될 것입니다. 그보다도 녹림맹주의 사자로 오셨다면 그만한 예의를 차려주셨으면 합니다."

적황의 말에 장환의 눈썹이 꿈틀거렸다. 설마 적황에게 그런 말을 들을 줄은 생각도 못했던 것이다.

예전이라면 자신 앞에서 숨소리도 내지 못했을 적황이다.

"네놈이 녹림왕의 그늘로 들어가더니 간이 부었구나."

장환은 당장이라도 적황을 공격할 기세였다.

적황은 침착하게 자세를 바로 하면서 말했다.

"나는 녹림맹의 적황이 아닙니다. 지금은 천문의 수하 적황입니다. 함부로 대하지 마십시오, 선배."

"뭐, 천문? 하늘의 문이라고? 하하하! 이거, 정말 사람 웃기는구먼.

여기가 천문이면 우리 집은 신문(神門)이다."

적황과 왕호를 비롯한 청룡단원들의 얼굴이 굳어졌다. 그러나 장환이 한 말에 대한 대답은 엉뚱한 곳에서 들려왔다.

"그거야 당신 마음대로겠지. 하지만 굳이 여기서 그걸 밝힐 필요는 없을 것 같은데."

모든 시선이 말소리가 들려온 쪽으로 향했다.

그곳에서는 관표가 모삼 한 명만을 대동하고 건물 안으로 들어오는 중이었다.

관표가 들어오자 적황을 비롯한 청룡단의 수하들은 일제히 예를 취하고 일렬로 늘어섰다.

장환과 그 일행들은 적황과 청룡단의 행동을 보고 나타난 청년이 녹림왕 관표임을 알아보았다.

장환은 관표의 모습을 보고 그가 생각보다 너무 어리자 조금 놀라지 않을 수 없었다.

소문상으로 들어서 관표의 나이가 이십대임은 알고 있었지만, 설마 진짜 이십대 중반의 애송이라고는 생각지 못했던 것이다.

여광이나 장충수, 대과령 정도의 인물들을 수하로 두었을 정도라면 최소 나이 삼십 전후는 되었으리라 짐작했던 것이다. 그러나 장환은 노련하고 경험이 많은 인물이었다.

관표가 어리다는 이유로 그를 함부로 낮추어보진 않았다. 최소한 여광 정도의 인물이 그의 수하가 되었다면, 그만한 이유가 있을 것이라고 생각했다. 그러나 그것은 장환만의 생각이었다.

그를 제외한 다른 녹림의 사람들은 생각이 달랐다. 특히 나이가 젊은 사람일수록 관표에 대한 판단이 빨랐다. 그렇지 않아도 관표를 만나면 겨루어보겠다고 단단히 벼르던 자가 있었다.

녹림맹의 젊은 청년이 앞으로 한 걸음 나서며 말했다.

적황이 장환과 함께 가장 꺼려하던 바로 그자였다.

"어린 놈이 녹림왕이란 말을 듣더니 위아래를 가리지 못하고 막말을 하는군. 당장 장천왕님께 무릎 꿇고 사죄해라!"

관표가 말을 한 청년을 바라보았다.

제법 준수하게 생겼다. 그는 녹림맹주인 사무심의 수제자인 날심독호(辣心毒虎) 이유원(李幽園)으로 올해 이십육 세였다.

날심독호 이유원의 명성은 강호에서 무림십준에 크게 뒤지지 않았다. 만약 이유원이 정파의 인물이었다면 당연히 무림십준에 끼었을 것이다.

강한 무공과 함께 독랄한 손속, 교활한 머리는 이유원을 녹림의 젊은 고수들 중 일인자의 자리에 앉혀놓았다. 그는 벌써부터 차기 녹림맹주로 지목될 만큼 대단하였다. 그러나 그의 명성은 녹림왕 관표가 나타나면서 퇴색하고 있었다.

날심독호 이유원에게 있어서 관표란 존재는 반드시 넘고 서야 할 존재였기에 나타나자마자 바로 나선 것이다.

장환은 말릴까 하다가 그만두었다.

이 기회에 관표의 실력을 알아보는 것도 필요했고, 설혹 이유원이 패한다고 하더라도 녹림의 미래를 위해 나쁘지 않다고 생각했다. 그만큼 큰 경험을 얻게 되는 것이었기 때문이다. 그러나 장환도 날심독호 이유원이 호락호락하게 지지는 않을 것이라고 판단했다.

관표는 어이없다는 표정으로 이유원을 보다가 코웃음을 치면서 말했다.

"녹림맹주의 사신으로 왔다더니 시비를 걸러 왔군. 그렇다면 원하는 대로 해주지."

관표는 옆에 있는 나무 의자를 들고 의자 다리 한쪽을 잡아 뜯어냈다. 관표가 잡아당기자 의자 다리는 맥없이 부러져 나온다.

관표는 그 의자 다리를 이유원을 향해 가볍게 던졌다.

별로 힘을 실은 것 같지 않은 의자 다리가 자신을 향해 날아오자 이유원은 피식 웃었다. 그 정도라면 굳이 피할 필요가 없었다.

들고 있던 검을 검집에서 뽑지도 않고 그대로 앞으로 내밀어 의자 다리를 쳐내었다.

픽! 하는 둔탁한 소리가 들려왔다.

그리고 느긋하게 그것을 구경하던 장환의 표정이 굳어졌다.

검과 의자 다리가 충돌하는 순간, 여유있게 웃던 이유원의 표정은 창백하게 질리며 엉청난 충격으로 인해 검을 놓치고 말았다.

그것뿐이 아니었다.

의자 다리는 조금도 비켜나지 않고 그대로 날아갔다. 이유원은 급하게 피하려 했지만 그땐 이미 늦은 다음이었다.

빠각! 하는 시원한 소리와 함께 의자 다리는 이유원의 얼굴에 작렬하였고, 이유원은 뒤로 날아가 건물 벽에 충돌하였다가 앞으로 고꾸라지며 그 자리에서 기절하고 말았다.

단순하게 날아온 것 같은 의자 다리엔 운룡천중기의 중자결과 대력철마신공의 금자결이 함께 주입되어 있었던 것이다.

장환과 두 명의 장년인이 벌떡 자리에서 일어섰다.

설마 이유원이 이렇게 쉽게 무너질 줄은 생각도 못한 것이다.

관표가 무공을 사용해서 누군가와 대결하는 장면을 처음 목격한 적황과 청룡단 수하들도 놀랐을 정도였다.

단지 관표를 잘 아는 왕호만이 어깨를 으쓱했을 뿐이다.

그는 아주 개운한 표정으로 이유원을 본 다음 장환을 바라보았다, 더없이 통쾌하다는 듯이.

장환과 두 명의 장한은 모두 굳은 표정으로 관표를 본다.

관표가 그들을 보면서 화난 목소리로 말했다.

"예의가 없는 족속들하고는 말하고 싶지 않다. 모두 돌아가든지, 아니면 모두 여기서 죽든지 둘 중 하나를 선택해라."

관표의 말에 장환은 당황했다.

그의 몸에서 폭발해 나오는 기세가 상상 이상이었던 것이다.

장환은 자신이 한없이 작아지는 것을 느꼈다.

그제야 소문은 하나도 거짓이 없었다는 것을 깨우쳤지만 이미 늦은 다음이었다.

第十三章
천문은 녹림맹이 아니다

　관표는 의자에 앉아 모여 있는 천문의 수장들을 바라보았다.

　자리에는 장로들과 당주급 인물들, 그리고 좌우호법을 비롯해서 청룡단의 단주인 장칠고 등이 앉아 있었다. 그리고 관표의 뒤에는 장삼이 종이 뭉치를 들고 서 있었다.

　단정한 문사 차림의 장삼은 다른 청룡단의 무사들과 확연히 표가 난다.

　관표가 장삼에게 명령을 내렸다.

　"장삼, 발표하게."

　장삼은 관표의 명령이 떨어지자 종이 뭉치들을 일일이 검토하면서 말했다.

　장삼이 청룡단의 부단주가 된 것은 무공이 강해서가 아니었다. 그의 학식이 놀라웠고, 글씨가 뛰어났으며, 문에 뛰어난 귀재였던 것이다.

관표는 그 점을 높이 사서 그의 무공이 보잘것없음에도 부단주 자리를 주었다.

"지금까지 녹림칠십이채 중에서 우리 천문과 함께하겠다고 서신을 보내거나 채주가 직접 찾아온 산채의 수는 모두 열넷입니다. 이 중 무시할 수 없는 곳은 감숙의 진가채와 섬서 북단의 맹주라고 불리는 문가채, 그리고 호남성 남가령(南佳嶺)의 오가채입니다. 그리고 앞으로도 더욱 많은 산채들이 동조를 해올 것이라 생각합니다."

장삼의 말이 끝나자 관패는 여광을 보고 물었다.

"장 당주가 특별히 말한 세 사람에 대해서 잘 아십니까?"

"모두 잘 알고 있습니다. 우선 진가채의 채주인 진씨 일가는 실제 양산박의 벽력화 진명의 후예라고 합니다. 특히 현 진가채의 채주인 진천 사숙은 성격이 불같지만 화통하고 사람 사귀는 것을 좋아해서 저의 아버님과도 호형호제하던 사이였습니다. 무공도 상당해서 녹림맹내에서도 몇 손가락 안에 들어가는 고수입니다. 그 외에 문가채의 채주나 남가령의 채주도 녹림맹에서 상당한 위치의 인물들입니다. 이들 중 제가 우리 천문에 추천해도 될 만한 사람을 꼽으라면 진천 사숙뿐입니다. 나머지 두 사람은 세력이 강하긴 하지만 성격이 교활하고 심성이 악독해서 녹림맹주인 사무심도 멀리하는 자들입니다. 그래서 현 녹림맹의 맹주에게 불만이 많은 자들입니다. 그리고 진가채에서 사람이 온 줄 알았다면, 제가 직접 만났을 걸 그랬습니다."

관표는 고개를 끄덕인 후 말했다.

"우리는 녹림맹이 아닙니다. 그들의 지지를 받고 안 받고의 문제가 아닙니다. 또한 그럴 필요도 없다고 생각합니다. 이 기회에 그 부분을 분명히 할 필요가 있다는 생각입니다. 그래서 지금부터 찾아오는 녹림의 무리들은 누구를 막론하고 그 부분을 분명히 해야 할 것 같습니다. 단, 여 대주님과 친분이 있었던 분들에게는 정중하게 설득해서 돌려보내도록 해야겠습니다. 여 대주님께서는 미리 친분이 있는 분들에게 서신을 보내 그 부분을 명확하게 해주셨으면 합니다."

"문주님의 명대로 하겠습니다."

"그럼 그 부분은 여 대주님을 믿고 있겠습니다. 다음엔 천문의 인원 보충에 대한 것입니다. 천기당주!"

이호란이 자리에서 일어나며 말했다.

"말씀하십시오, 문주님."

"지금 녹림도원이 수용할 수 있는 인원은 몇 명 정도입니까?"

"상주 인구 삼천오백 명 정도는 넉넉하게 살 정도의 공간이 확보될 것 같습니다. 그러나 추후 늘어날 식구들과 여러 가지 변수를 감안한다면, 천오백에서 천팔백 명 정도가 적당할 것 같습니다."

"현재 녹림도원의 식구는 모두 몇 명입니까?"

"어린아이와 여자들, 그리고 무공을 모르는 노인들까지 전부 합해서 약 육백여 명입니다."

"앞으로 천 명 정도는 더 받아들일 수 있다는 말이군. 그 정도라면 됐습니다. 앞으로 수하들은 사오백 명 정도만 더 늘릴 생각입니다. 천문의 무사 숫자는 절대 천 명을 넘지 않는 것으로 기준을 정하겠습니다. 적정 무사 수는 약 팔백오십에서 구백오십여 명 사이면 좋을 것 같습니다. 이것도 처음보다는 많이 늘려 잡은 숫자입니다. 그 외에 여러 방면의 기술자나 인재들이 많이 필요합니다. 그 부분은 장 당주님이나 여 대주님을 비롯해서 여러분이 친분이 있는 분들 중 좋은 분들을 천거해 주셨으면 합니다. 그리고 각 당의 당주들이나 대주들은 오십여 명 이내에서 요령껏 자신의 수하들을 늘리십시오. 그렇게 되면 일정 정도의 인원이 저절로 채워질 것 같습니다. 단, 수하들을 뽑을 땐 신중을 기해주셨으면 합니다. 제 생각엔 녹림맹과의 결전 이전에 모든 수하들과 필요한 인원을 보충했으면 합니다. 가장 어려울 때 함께한 동료들만이 진정한 동료가 될 수 있다고 봅니다. 그리고 수하들에게 실전 경험도 필요하다고 봅니다."

관표의 말을 들은 각 당이나 대주들의 얼굴이 상기되었다.

관표가 한 말의 의미를 알아들었던 것이다. 지금 천문의 제자들은 무공을 배우고 닦았지만 아직 실전 경험이 미천했다.

비록 강시들을 이용해서 거의 실전에 가까운 대련을 하고 있지만, 정말로 생명이 오고 가는 실전과는 또 다른 것이었다.

관표의 말인즉, 대주들에게 녹림채를 털라는 말이었다. 그렇게 함으로써 수하들은 실전 경험도 익히게 될 터이고, 녹림맹으로 고수들을 차출해 보내야 하는 녹림맹 산하의 산채들은 불안해할 것이며, 천문이 녹림맹과 완전히 다른 곳임을 과시하는 효과도 있을 것이다. 또한 산채들을 공격해서 얻은 전리품은 천문의 재정을 튼튼하게 만들어줄 것이다. 그리고 공격한 산채의 수하들 중 쓸 만한 자들은 골라서 수하로 삼을 수 있다면 일석이조였다.

관표는 녹림맹 산하의 산채들을 공격하되 악행을 일삼았던 산채들에 한해서라는 단서를 달았다.

그 말을 들은 당주들과 대주들은 조금 실망한 표정을 지었다.

포악한 채주 밑에 있는 수하들은 역시 포악할 경우가 많아서 좋은 수하들을 골라내기가 쉽지 않았던 것이다. 그러나 일단 관표의 명령이 떨어지면 어느 누구도 감히 토를 달지 않았다.

관표는 실망해하는 당주들과 대주들을 돌아보며 말했다.

"수하들을 보충하는 문제는 각 당이나 대의 수하들과 친분이 있는 자들을 추천하라 하면 빠르지 않을까 합니다. 그리고 우리의 공격 대상은 산채만이 아닙니다. 앞으로 각 당이나 대주들은 나와 함께 정파의 허울을 쓰고 제멋대로 악행을 일삼았던 자들에게도 준엄한 심판을 내리려 합니다. 그리고 그 대상 문파들도 이미 조사를 해두었습니다."

관표의 말을 들은 당주들과 대주들이 환호를 하며 좋아하였다. 그거야말로 그들이 가장 기다리던 일이었다.

겨울로 들어서면서 녹림맹의 섬서성과 사천성, 그리고 하북성의 산채들이 천문의 공격을 받기 시작했다. 모든 시선이 천문과 녹림맹으로 쏠려 있을 때, 섬서성의 가장 큰 무력 단체 중 하나인 금룡표국이 하루 아침에 잿더미로 변하는 사건이 벌어졌다.

다행이라면 사람들은 별로 죽지 않고 재물만 완전히 털렸다는 점이었다. 그리고 국주인 금룡검 정이수와 그의 추종자 몇 명만 죽었다는 사실이다.

왜? 누가? 어떻게 한 건지도 모르게 벌어진 일이었다. 많은 사람들은 장충수를 의심했지만 장충수가 천문에 있다는 사실을 아는 사람은 거의 없었기에 천문과 연관 짓지는 못했다.

강호무림은 모르지만 이 일로 전륜살가림의 섬서 분타 중 하나가 세상에서 사라진 것이다.

그 외에도 두세 개의 작은 무림문파가 복면인들의 공격을 받고 멸문하였다. 그러나 그 사건 역시 누가, 왜 그랬는지 밝혀지지 않았다.

그렇게 겨울이 지나가면서 천문 제자들의 인원은 부쩍 늘어나고 있었다. 우선 기존의 천문 제자들이 천거한 사람들과 평소 장충수와 친분이 있던 두 개 정도의 작은 문파가 합세하였다.

섬서성에서 진정한 협객으로 이름 높은 기검문(奇劍門)과 시가장은 상당히 작은 문파들이었다. 그러나 두 문파의 수장은 강호에서조차 알아주는 협의지사들로, 두 사람을 일컬어 섬서쌍협이라고 부르기도 하였다. 그러나 두 사람의 무공은 너무 보잘것이 없어서 아는 사람만 그들을 알 뿐이었다.

강호에서 무공이 약하면 무엇으로도 인정받기 어렵기 마련이었다. 두 사람은 그 부분을 뼈저리게 느끼고 있던 사람들이었다.

더군다나 근래에는 타 문파와의 세 싸움에 밀려 존립이 위태롭던 상황이었지만, 그 어느 곳에서도 두 사람에게 도움을 주지 않았다. 그때 장충수의 천거로 천문에 가세하게 되었다.

기검문의 문주 구화기검(九華奇劍) 예소와 시가장의 장주 시전은 강호무림의 삼류무사에 불과했지만, 협의심이 강하고 성격이 올곧아 장충수는 그들을 존경하고 있었으며, 여광을 제외하고는 유일하게 형님, 아우 하며 의형제로 지내던 사이였다.

평소 장충수의 성격을 잘 아는 두 사람은 망설이지 않고 그의 말에 따랐다.

그들은 식솔들을 모두 데리고 왔으며, 수하들 중에 가장 믿을 만한 충복들 삼십 명 정도만 추려서 가세하였다.

　관표는 그들의 무공이 천룡단의 왕호보다도 한 수 아래인 것을 알았지만, 두 사람을 당주로 임명하였다.

　관표의 결단에 두 사람은 물론이고 장충수마저도 놀랐지만, 관표는 오히려 당연하다는 표정으로 말했다.

　"두 분은 비록 무공은 약하지만, 지금까지 정도를 지키며 자신의 명예를 지켜왔습니다. 그런데도 장 당주를 믿고 녹림왕인 제가 있는 천문에 오셨습니다. 두 분으로 인해 천문은 서민들에게 더욱 인정받을 수 있게 되었습니다. 그것만으로도 충분히 자격이 넘치고 남습니다. 그리고 무공은 앞으로 더욱 열심히 하면 될 것입니다."

　두 사람이 얼마나 감격했는지는 말하지 않아도 될 것이다.

　두 사람은 어린아이처럼 눈물을 흘렸다.

　설마 자신들의 눈꼬리만한 이름을 인정해 줄 줄은 몰랐던 것이다. 그리고 관표가 전해준 무공을 보고는 더욱 감격해서 어쩔 줄 몰라 했다. 그들이 그렇게도 배우고 싶었던 상승 무공이었다. 무엇보다도 그들에게 전해진 무공은 그들로서는 상상하기도 어려운 절공이었던 것이다.

　두 사람은 모두 오십이 가까운 나이었다.

　시전은 혼자 독백하여 말하길,

　"어려서 집을 지나던 노스님이 말하기를, 내 나이 오십이 되어야 운이 트일 거라 하더니, 과연 그 말이 맞는가 보다."

　그 말을 듣고 예소가 감격하여 울다가 웃고 말았다.

관표는 외순찰당과 내순찰당을 만들고 예소를 내순찰당, 시전을 외순찰당주로 임명하였다.

그들 외에도 여러 방면의 인재들이 장충수와 여광, 그리고 새로 가세한 예소와 시전의 소개로 가세하였다. 특히 예소와 시전은 그들의 협명답게 숨은 인재들을 많이 알고 있었고, 그들이 예소와 시전을 믿는 만큼 큰 도움이 되었다.

이렇게 겨울이 지나서 새롭게 봄이 올 때쯤 관표는 필요한 인원을 거의 다 채울 수 있었고, 녹림도원의 작업도 상당한 진척을 보았다. 그리고 무엇보다도 천문 제자들의 무공은 비약적으로 발전하고 있었다.

그리고 관표가 말한 오월이 다가오면서 녹림맹은 정확하게 두 쪽으로 갈라졌다. 관표를 지지하는 세력과 사무심을 지지하는 세력으로 나뉜 것이다.

천문이 녹림맹이 아님을 밝혔지만 사무심을 반대했던 무리들이 뭉치면서 현 천문과 녹림맹의 결전에 중립을 선언하였던 것이다.

오월.

봄과 함께 녹림도원의 모습은 하루가 다르게 변해가고 있었다. 지나간 겨울은 참으로 힘든 시기였다. 특히 잘 곳이 모자라서 많은 수하들이 고생을 하였지만, 그들은 잘 참아주었다.

녹림도원의 곳곳에 집과 거대한 건축물들이 들어서면서 조금씩 제 모습을 갖추어갔다. 그러나 따스한 날씨와 생기 넘치는 마을의 모습과는 다르게, 천문 수하들의 얼굴엔 은은한 긴장감이 어리고 있었다.

드디어 결전의 날이 다가오고 있었던 것이다.

호북성은 무인들에게 가장 유명한 곳 중 하나였다.

소림과 무림의 태두라는 무당파가 있고, 오대세가 중 하나인 제갈세가가 있는 곳이었다.

또한 호북성 서남쪽에 있는 형문산엔 녹림맹의 총타가 존재하였다. 형문산은 수로가 동정호와 연결되어 있고, 성의 중심에서 약간 비껴간 곳이라 녹림맹의 총타로서는 더없이 좋은 곳이었다.

녹림맹은 녹림칠십이채의 산채와 장강수로십육채, 그리고 황하수로십육채가 전부 합해진 거대 무림 집단이었다. 원래 녹림산채와 수로채는 서로 달라 강북녹림맹은 녹림칠십이채를 지칭하는 말이었고, 수로채는 강남녹림맹이라고 불리며 서로 다른 무리들이었다.

이것을 통합한 것이 바로 녹림마제 사무심이었다.

당시 두 녹림맹을 하나로 합치는 와중에 사무심의 무자비한 살행은 지금도 전설처럼 남아 있었다. 그 당시의 일로 사무심은 오흉 중 한 명이 되었던 것이다.

그 형문산을 향해 다가가는 일단의 무리들이 있었다.

총 백 명 정도의 인물이었는데, 이는 녹림맹을 공격하러 가는 관표의 일행이었다.

관표는 이번 결투에 모두 이백여 명의 수하들을 대동하였는데, 선발대 백 명은 자신이, 그리고 후발대 백 명은 좌호법인 자운의 책임 하에 뒤를 따르도록 하였다.

그 외에 관표를 따라나선 천문의 중요 인물들은 다음과 같았다.

좌호법 자운과 장칠고를 비롯한 청룡단 전원, 녹림수호대의 부대주인 천호 왕단, 녹림천궁대 대주 귀영철궁 연자심, 녹림천검대 대주 단혼검 막사야, 그리고 녹림철기대의 대주 과문이었다.

이들 중 청룡단과 과문, 그리고 녹림을 잘 아는 천호 왕단이 선발대에 포함되어 있었다.

그 외는 모두 후발대에 포함되어 있었는데, 그들은 모두 자운의 명령을 받도록 하였다.

선발대와 후발대의 거리는 반나절 거리였다.

어떻게 보면 녹림맹을 공격하러 가는 인원치고는 너무 적었고, 고수도 별로 없었다. 그러나 관표는 자신이 있었고, 선발된 이백 명의 수하는 모두 정예들이었다.

예상외라면 백리소소였다.

관표의 옆에는 백리소소가 말을 타고 함께 가는 중이었는데, 이는 소소가 끝까지 우겨서 어쩔 수 없이 함께 가게 되었다.

낭군이 싸우는 모습을 반드시 보고 싶다는 그녀의 고집에 관표가 손을 든 것이다.

우험하다는 말에, '가가께서는 자신의 여자 한 명 지키지 못할 정도였습니까?'라는 반문에 관표는 맥이 빠지고 말았었다.

무명옷을 입고 얼굴에 면사를 하였지만 소소의 빼어난 자태는 보는 사람의 눈을 현혹시키고도 남음이 있었다.

현재 관표 일행은 호북성 죽산을 거쳐 홍산으로 남하하는 중이었다.

홍산과 죽산의 중간 지점에 위치한 여홍산 기슭에 도착했을 때다. 미리 정찰을 나갔던 적황과 청룡단원 두 명이 관표에게 다가와 말했다.

"오 리 밖에 일단의 무리가 우리를 기다리고 있는 것 같습니다."

"적인가?"

이때 앞으로 나선 것은 장삼이었다.

"적은 아닐 것입니다."

관표가 장삼을 돌아보며 물었다.

"어째서 그렇게 생각하나?"

"여기 여홍산은 비록 녹림맹과 가깝지만 공가채가 있는 곳입니다. 제가 알기로 공가채는 이번 결전에서 반 사무심 패에 속한 자로, 녹림맹에서도 강골로 유명한 인물입니다. 녹림맹에서 우리를 기다렸다면 여기는 아닐 것입니다. 아마도 공가채의 인물들이 아닌가 싶습니다."

관표는 장삼의 말을 알아들었다는 듯 고개를 끄덕이고 적황에게 명령을 내렸다.

"가서 확인하고 오도록."

"충!"

적황이 함께 왔던 두 사람과 함께 말 머리를 돌렸다.

잠시 후,

돌아오는 적황의 뒤로 세 명의 인물이 함께 오고 있었다. 적황은 관표 앞에 말을 멈춘 후 말에서 내려 예를 취하며 말했다.

"이분들이 문주님을 뵙고 싶다 하여 함께 모시고 왔습니다."

관표가 세 사람을 보며 천천히 말을 몰아왔다.

세 사람 역시 말을 몰아 다가온 다음, 말에서 내려 차례대로 인사를 하기 시작했다.

제일 먼저 나이가 많아 보이는 노인이 포권지례를 하고 말했다.

"문가채의 귀령검 문정입니다."

"천문의 관표입니다."

관표 역시 말에서 내려 인사를 한다.

오만하지도 않고 필요 이상 저자세도 아닌 인사였다.

맑고 깊은 눈과 강인해 보이는 관표의 모습은 누가 보아도 만만하게 볼 수 없는 모습이었다.

문정은 속으로 감탄하였다.

'과연 듣던 대로 대단하구나!'

문정이 보자마자 감탄할 정도로 관표는 확실히 변해 있었다.

사람은 지위에 따라 변한다고 한다.

겨우내 천문의 문주 직을 수행하면서 그의 어투나 행동, 그리고 생각하는 부분 하나하나까지 일문의 문주답게 변해 있었던 것이다. 그리고 무엇보다도 기품이 달라져 있었다.

화전민의 촌스러움과 투박함은 남자다운 기상과 선 굵은 장부의 모습으로 승화되어 있었다.

관표의 모습은 외양뿐만이 아니라 생각이 깊이와 지혜로움, 그리고 판단력에 이르기까지 모든 면에서 몰라보게 달라져 있었다.

관표의 빠른 변화에 지켜보는 반고충이나 천문의 제자들마저 깜짝 깜짝 놀라곤 했었다.

문정이 관표의 출중함에 놀라고 있을 때, 그의 옆에 있는 사십대의 남자가 한 발 앞으로 나서며 인사를 하였다.

"황하의 유대순이 인사드립니다."

관표의 눈이 빛났다.

황하의 유대순.

그의 호는 황하동경(黃河童鯨)이었다.

황하동경의 '동'은 어린아이란 뜻을 지니고 있다. 결국 황하동경의 뜻을 풀이하면 '황하에 사는 작은 고래'란 뜻이었다. 그는 현재 황하수로 십육채의 실질적인 맹주였다.

녹림맹에서의 위치도 몇 손가락 안에 낄 정도였다.

사무심이 녹림을 통일할 때 끝까지 대항했던 곳이 바로 황하수로십육채였다. 또한 가장 많은 피해를 입은 곳도 황하수로십육채였다. 원래 황하수로엔 삼십육채가 있었지만, 당시의 피해로 인해 십육채로 작아졌다. 그러나 거의 명맥마저 사라질 뻔한 황하수로를 이만큼이나마 복원한 것은 유대순이었다.

약간 말라 보이면서도 날렵한 모습의 유대순은 언뜻 고래란 아호가 잘 안 어울려 보인다.

"관표입니다. 꼭 한 번 뵙고 싶었는데 여기서 뵙는군요."

유대순이 선한 모습으로 웃으면서 말했다.

"저야말로 꼭 뵙고 싶었는데, 지척지간이면서도 찾아뵙지 못했습니다. 언제 따로 한번 뵐 수 있다면 숨겨놓은 황주로 보답드리겠습니다."

관표는 유대순의 말이 진심이란 것을 느꼈다.

이상하게 그 한마디가 가슴을 뭉클하게 한다.

유대순의 말대로 황하는 섬서성과 밀접하다. 더군다나 황하의 한 지류를 이루는 강이 관표의 모과산에서 멀지 않았다.

섬서성의 강은 모두 황하에 이른다고 할 수 있었다.

이래저래 따지면 이웃이라 할 수 있는 두 사람이었다.

이번엔 역시 삼십대의 남자가 앞으로 나서며 포권지례를 하고 말했다.

"공가채의 대도(大刀) 공화량이라 하오."

당당한 체구와 함께 등에 멘 대도가 잘 어울리는 인물이었다.

그의 얼굴엔 오만한 표정이 떠올라 있었고, 관표를 내려다보는 듯한 인상이었다. 말투 또한 애매한 공대였다.

공화량은 공가채의 채주인 공대성의 아들이었다.

정작 공가채에서는 채주가 아니라 그 아들이 마중을 온 것이다.

장칠고를 비롯한 청룡단의 수하들과 과문, 그리고 뒤쪽에 있던 천호왕단의 표정이 굳어졌다. 그러나 관표의 표정은 담담했다.

"관표입니다."

"날이 저물어갑니다. 오늘은 공가채에서 관표님을 모시고자 합니다. 응하시겠습니까?"

공화량의 표정이 기이했다. 그리고 그 말에 풍기는 의미가 아주 미묘했다.

감히 공가채에 올라갈 배짱이 있느냐? 하고 묻는 것 같았다. 그리고 말할 때의 표정은 관표를 우습게 여기는 모습이 역력했다. 사실 공화량은 관표의 명성을 수없이 들었지만 그 소문을 믿지 않았다.

기껏해야 약관을 넘은 청년이었다. 그리고 천이백 이상의 정예들이 모여 있는 녹림맹을 치는 데 겨우 백 명이라니…….

한심하게 보이는 것이 당연했다.

공화량의 도발에 유대순은 안색을 찌푸리며 나무라는 투로 공화량을 바라보았다. 그러나 문정은 모르는 척한다.

그로선 관표가 이 상황을 어떻게 대처할지 궁금했고, 관표의 실력을 알아보고 싶었던 것이다. 자신을 대신해서 공화량이 나서는데 굳이 말릴 필요가 없었던 것이다.

관표는 공화량의 말에 대꾸조차 하지 않았다.

일고의 가치도 느끼지 않았던 것이다.

천문엔 묵계가 있었다.

관표가 상대하지 않고 상대를 무시하면 청룡단에서 대신해도 된다는 뜻이고, 마음대로 하라는 뜻이기도 하였다.

마침 가슴이 폭발하기 직전의 장칠고였다.

관표가 냉정하게 고개를 돌리자마자 고함을 질렀다.

"이 후레자식아! 도적 놈의 새끼라 어려서 교육을 제대로 못 배웠구나! 내가 지금부터 가르칠 테니, 앞으로 어른에게 말하는 버릇을 제대로 배워서 고쳐라!"

장칠고의 고함에 공화량은 기겁을 하고 말았다.

쩨진 독사눈에서 뿜어지는 살기는 당장이라도 공화량을 찢어 죽일 것 같았다. 칼자국이 있는 더러운 인상은 보기만 해도 섬칫하였다. 그리고 거침없는 상소리조차 사자후로 들려온다.

공화량은 관표가 이렇게 즉각적으로 치고 나올 줄은 상상도 못했기에 당황하였다. 특히 공화량으로선 관표도 아닌 그의 수하에게 처음부터 눌리는 상황이 되고 만 것이다.

공화량은 입술을 깨물고 장칠고를 노려보려고 하였다. 그러나 그럴 사이도 없었다. 이미 말을 몰아 달려온 장칠고의 검이 허공을 가르고 있었다. 미처 검을 뽑아 대항할 사이도 없이 공화량이 타고 있던 말이 바닥에 뒹굴었다.

공화량이 놀라 말에서 뛰어내려 겨우 땅에 착지를 하였을 때 장칠고는 벌써 말에서 몸을 내려 그의 앞에 내려서고 있었다.

공화량은 제정신이 아니었다.

그뿐이 아니라 지켜보던 문정이나 유대순도 놀라긴 마찬가지였다. 설마 관표도 아닌 그의 수하가 이렇게 무공이 강할 줄은 생각도 못한 것이다.

장칠고의 긴 다리가 공화량의 복부를 걷어찼다.

검을 뽑기도 전에 공화량은 복부가 터지는 고통을 느끼며 그 자리에서 주저앉았다.

장칠고는 주저하지 않고 무릎으로 공화량의 턱을 찍어버렸다.

빠각! 하는 소리와 함께 공화량은 뒤로 이 장이나 날아가서 바둥거린다. 이미 공포에 질려 감히 덤빌 생각도 하지 못했고, 입엔 거품을 물고 있었다.

추호도 용서가 없는 손속.

장칠고는 한 발로 공화량의 얼굴을 밟은 채 말했다.

"이런 젖도 떼지 못한 자식이 인상만 더러웠었군. 대체 뭘 믿고 방자했는지 모르겠네. 녹림이 도적 집단이지만, 이렇게 개판일 줄은 몰랐군. 너나 너 같은 개자식이 날뛰는 것을 보고 기회나 보는 종자들이나 그 나무에 그 열매군."

장칠고는 민망하게도 문정을 똑바로 쳐다보고 말한다.

바보라도 장칠고가 하는 말이 무슨 뜻인지, 그리고 누굴 보고 하는 말인지 다 알리라.

문정의 얼굴이 핼쑥하게 변하고 말았다. 설마 이렇게 노골적일 줄은 몰랐던 것이다.

관표가 장칠고를 보고 말했다.

"강호란 원래 그런 곳이다. 당하지 않으면 되는 일이다. 그만 뒤로 물러서라!"

관표의 말은 한술 더 뜨는 말이었다.

문정은 얼굴이 화끈거리는 것을 느꼈다.

관표의 무공이 어느 정도인지는 모르겠지만, 장칠고의 무공만 해도 자신보다 아래가 아닌 것 같았다.

감히 자신 따위가 넘겨짚을 수 있는 사람이 아니란 사실을 깨우쳤다. 스스로 한없이 위축되는 것을 느끼자 견딜 수 없을 만큼 마음이 시려온다.

반대로 유대순은 관표와 장칠고를 흠모의 시선으로 바라보고 있었다.

장칠고는 관표의 말 한마디가 떨어지자 어느새 그의 뒤에 돌아가 시립해 있었다. 그러나 그의 시선은 살기를 띠고 문정과 공화량을 쏘아본다. 어디 그뿐이랴! 천문 제자들의 표정은 모두 서늘하게 가라앉아 있었다.

그들의 모습을 본 유대순은 관표의 수하들이 관표를 얼마나 존경하고 따르는지 능히 짐작할 수 있었다.

공화량이 덜덜 떨리는 몸으로 주저앉은 채 관표를 올려다본다.

관표가 웃으면서 말했다.

"초청을 했으니 가야겠지. 앞장서라!"

관표의 말이 천둥처럼 들리면서 공화량은 정신이 번쩍 들었다.

겨우 자리에서 일어선 공화량은 앞장서서 걷기 시작했다. 그의 어깨는 이미 축 처져 있었다.

여홍산 중턱에 자리잡은 공가채는 녹림칠십이채 중에서도 가장 큰 산채 중 한 곳이었고, 세력이 가장 강한 십대산채 중 한 곳이었다. 원래부터 야심이 많았던 공대성이었다.

관표와 녹림맹의 결전은 그에게 큰 기회일 수도 있었다.

물론 그런 생각을 가진 것은 공대성뿐만이 아니었다.

문정이 그렇고, 호남성 남가령의 채주인 오대곤이 그랬다.

이들 외에 십대산채 중 감숙 진가채를 제외하면 모든 산채가 사무심에게 충성하고 있었다.

결국 오늘 이곳에 모인 세력들은 녹림맹의 권력에서 비켜난 산채들이 모였다고 보면 확실했다. 그들의 관심사는 당연히 관표였다. 관표가 사무심과 대결할 만한 인물이면 그들은 관표를 도울 것이다. 그렇지 않다면 그들은 관표를 죽여서 사무심에게 갈 것이다. 물론 그들 중엔 단순히 관표에 대한 호기심으로 온 자도 있었다.

유대순이 그런 경우였다.

관표는 그것을 눈치챘지만 태연하게 공가채로 올라갔다.

관표는 어차피 그들의 도움을 받고 싶은 생각은 추호도 없었다. 그러나 그냥 지나치면 이들이 뒤통수를 칠 수도 있기에 확실하게 하고 갈 필요성을 느낀 것이다.

모과산, 녹림도원으로 들어가는 관도 입구에 푸른 옷을 입은 젊은 청년들이 모여들고 있었다.

그들의 옷에는 모두 매화 문양의 수가 그려져 있었다.

이들은 화산에서 자랑하는 제이대 매화이십사검이었다.

매화이십사검의 수좌는 화산파 제일대 제자 중 장문인의 수제자이자 화산삼검의 첫째인 매화서생 유청생이었다.

이십사 명의 젊은 검수는 모과산 중턱을 향해 달려갔다.

유청생이 휘파람을 불며 화산파 특유의 신호를 보내자 어디선가 역시 같은 휘파람 소리가 들려왔다. 유청생과 이십사수 매화검수들은 휘파람 소리가 들리는 곳으로 달려갔다.

그곳에는 금연 사태와 하수연이 기다리고 있었다.

유청생은 하수연을 보자 얼굴에 더없이 반가운 표정을 지었다. 그에게 있어서 인생의 목표 자체가 바로 하수연이 아니었던가?

"사매, 정말 오랜만이야. 그동안 잘 있었나?"

하수연 역시 반갑게 인사를 한다.

"반가와요, 사형. 그동안 잘 있으셨죠?"

"나야 항상 그렇지. 그런데 사매의 전갈을 보니 관표 그놈의 거처를 찾았다고 하던데?"

하수연의 눈에 살기가 어린다.

"찾았어요. 그래서 사형에게 도움을 요청한 거랍니다."

"잘했어, 사매. 사부님께서 직접 오겠다고 하시는 것을 겨우 말리고 내가 대신 왔지."

"호호, 복수는 내가 할 거예요. 그러니까 사형은 저 마을에 있는 자들이 어디로도 도망칠 수 없도록만 해주세요. 특히 관표의 식솔들은 전부 잡아주세요. 모두 내 손으로 죽이고 말 거예요."

유청생의 얼굴에 미묘한 미소가 감돌았다.

"그 정도라면 걱정 하지 마. 맡겨두라고."

"지금 관표란 자는 녹림맹과 싸우러 갔어요. 그러니 마을엔 별로 쓸 만한 고수들이 없죠. 모두 생포하기엔 더없이 좋은 기회죠. 그 다음에 관표를 사로잡고 한 명씩 죽여서 내 원한을 갚을 겁니다."

"좋은 생각이야, 사매. 그런데 관표가 없다니 흥미가 떨어지는군."

유청생의 말에 하수연이 정색을 하고 말했다.

"관표를 우습게 보지 마세요. 그는 어수룩한 자가 아닙니다. 그래서 일단 그가 없는 틈에 먼저 그의 본거지를 치려는 거예요. 그 다음은 그 다지 어렵지 않겠죠."

말을 하는 하수연의 표정은 단호해 보였다. 그러나 그녀의 심정은 보이는 것과는 달리 조금 초조했다. 그녀의 입장에서 보자면 관표는 대단한 자여야만 한다. 그렇지 않다면 그녀의 자존심은 더욱 큰 상처 를 받게 된다.

별것도 아닌 촌놈에게 그런 모욕을 당했다면 그녀는 더욱 비참해질 것이기 때문이다. 그저 그녀의 차가운 말에 유청생만 머쓱해지고 말았 다.

한편 지켜보고 있던 금연 사태의 얼굴에 조금 묘한 표정이 떠올랐 다. 그녀는 유청생이 처음 나타났을 때부터 지켜보고 있었다.

'대문파의 수제자가 저렇게 가볍다니, 앞으로 화산파의 앞날도 알 만하구나.'

금연 사태는 고개를 흔들었다.

확실히 유청생은 무공에 대한 자질이 뛰어나 보이긴 했다. 그러나 그것뿐이었다. 지금 유청생이 보여준 모습은 대문파의 수제자로서 가지고 있어야 할 진중한 모습은 어디에도 없었던 것이다.

第十四章
내 낭군을 넘보지 말라!

여흥산 중턱엔 거대한 분지가 있고, 분지 뒤쪽은 여흥산의 봉우리가 우뚝 솟아 있었으며, 앞쪽엔 삼십 장에 달하는 절벽이 병풍처럼 둘러싸고 있었다. 그리고 그 분지 안에 공가채가 존재하고 있었다.

분지 안을 본 괴문이 감탄한 표정으로 말했다.

"과히 천연의 요새로군요!"

관표 역시 여흥산의 절경과 공가채의 절묘한 위치에 감탄하고 있던 중이었다.

절벽 사이로 난 외길을 타고 분지 안으로 들어가자 거친 거목과 십여 채의 건물들이 줄지어 서 있었다. 그리고 곳곳에 집들이 들어서 하나의 마을을 이루고 있었다.

그리고 분지 가운데 있는 광장엔 삼사백 명의 장정이 모여 있었다.

그들의 앞에는 세 명의 노인과 두 명의 사내가 나란히 서 있었다.

관표는 세 노인 중 한 명이 공대성이란 것을 알 수 있었다. 그리고 두 사내는 공대성의 세 아들 중 두 명일 것이다. 나머지 두 노인에 대해서는 천호 왕단의 전음이 있었다.

"가운데 노인이 공대성이고, 그의 오른쪽에 있는 분이 바로 진천님 이십니다. 그리고 왼쪽의 위맹해 보이는 노인이 바로 벽력철부 오대곤 입니다."

왕단의 설명을 들으면서 관표는 그들에게 다가섰다.

세 노인 역시 앞으로 걸어온다.

가운데 노인이 앞으로 나서며 포권지례를 하고 말했다.

"공대성이 녹림왕을 뵙습니다."

"관표입니다. 만나게 돼서 반갑습니다."

"진천이라고 합니다."

"여 대주님에게 협명은 많이 들었습니다. 그렇지 않아도 꼭 한 번 만나뵙고 싶었습니다."

각이 진 얼굴에 청수한 모습의 진천은 여광의 이야기가 나오자 아주 만족한 웃음으로 말했다.

"광이가 좋은 주군을 만난 것 같아서 다행입니다."

"제가 많은 도움을 받고 있습니다."

"하하하, 광이가 생각보다 잘하고 있나 봅니다."

진천은 뭐가 좋은지 크게 웃었다.

관표는 그의 웃음 속에 사심이 없다는 것을 눈치채고 기분이 좋아졌다. 이때 왕단이 앞으로 나와 진천에게 인사를 하였다.

"진 대숙, 오랜만입니다."

"오! 이거 왕단이 아닌가? 참으로 오랜만일세."

"큰 주군께서 돌아가시고 처음 뵙습니다."

진천의 얼굴에 아련한 표정이 떠오른다.

"그렇게 되었나? 그간 내가 너무 무심했군. 그래도 잘 지내는 것 같아서 다행일세."

둘이서 인사를 나눌 때 공화량이나 유대순 등은 왕단이 함께 있었다는 사실을 그제야 알고 놀란다.

왕단이 비록 여가채의 부채주였다가 지금은 천문의 부대주에 불과하지만, 결코 만만한 인물이 아니었다. 그의 명성은 능히 어지간한 산채의 채주들보다 월등했던 것이다.

그리고 천문에서 왕단은 비록 부대주였지만 그의 위치는 다른 대주들이나 당주들과 동등했다. 여광이 총대주라는 것을 감안하면 그것은 당연한 일이었다.

그들이 서로 인사를 나누고 있을 때 걸죽한 음성이 들려왔다.

"이거야 원, 진 형, 나도 인사 좀 합시다."

한쪽에 서 있는 노인이 껄껄 웃으면서 말하자 진천도 웃으면서 말했다.

"나도 깜박했네. 이쪽은 성질 더럽기로 유명한 벽력철부(霹靂鐵斧) 오대곤이란 늙은이입니다. 녹림왕께서 아셔도 별 도움이 안 되는 퇴물이니 너무 큰 신경은 쓰지 마십시오."

진천이 퉁명스럽게 말했지만, 그 말속에서 두 사람이 상당한 친분이 있다는 것을 알 수 있었다.

"허허, 이거야 원. 저 늙은이가 벌써부터 질투를 하나? 오대곤입니다. 녹림왕을 뵙고 싶었습니다."

관표는 오대곤을 보았다.

보기만 해도 위맹해 보이는 노인이었다. 마치 사자처럼 생긴 모습에 우람한 덩치, 그리고 육 장이 훨씬 넘는 키는 보는 사람으로 하여금 질리게 만드는 무엇이 있었다.

벽력철부 오대곤.

녹림맹에서 사무심 다음으로 이름 높은 인물이었다.

무공으로 따져도 녹림맹 서열 이위에 해당된다.

그는 성격이 제멋대로라 자신의 마음에 들지 않으면 세상에 그 누구와도 타협하지 않는 것으로 유명했다. 사무심이 마음에 안 든다고 지금까지 단 한 번도 무림맹 총단에 발을 들여놓지 않았던 인물이다.

사무심이 그의 환심을 사려고 여러 번 시도를 하였지만, 그는 요지부동이었다. 사무심으로서도 가장 골치 아픈 인물이라고 할 수 있었다.

성격이 불같고, 한 번 화가 나면 그 잔인함에 보는 사람들이 고개를 흔든다고 하는 노인이 바로 벽력철부 오대곤이었다.

여광도 가장 주의해야 할 인물 중 한 명으로 오대곤과 공대성을 말했었다.

"관표입니다."

관표가 인사를 하자 오대곤은 무척 만족한 표정으로 고개를 끄덕였다. 이때 관심 밖에서 멀어져 있던 공대성이 자신의 존재감을 알리려는 듯 조금 큰 목소리로 말했다.

"그런데 일행 중에 상당히 아리따운 여자 분이 있는 것 같습니다. 실례가 되지 않는다면 소개를 받을 수 있겠습니까?"

공대성의 말을 듣고서야 사람들은 관표의 뒤에 그림처럼 말을 타고 있는 한 명의 여자를 볼 수 있었다.

얼굴에 면사를 하고 커다란 챙이 있는 모자를 썼기에 잘 알아볼 수 없었다. 그러나 무명옷으로 몸을 가렸지만, 막상 눈에 들어오고 나자 그녀의 빼어난 몸매가 사람들의 시선을 사로잡았다.

"나의 약혼녀인 소소입니다."

약혼녀란 말이 나오자 공대성은 조금 실망하는 표정을 지었다. 그러나 소소의 모습을 자세히 살핀 문정이 물었다.

"약혼녀께서는 무공을 모르시는 것 같습니다."

문정의 물음에 관표가 웃으면서 말했다.

"무가의 여식이 아닙니다."

그 말을 들은 공대성의 표정이 밝아진다.

공대성은 무엇인가 안심한 표정으로 말했다.

"자, 이제 안으로 들어가시지요. 음식이 준비되어 있습니다. 나머지 분들은 식사하면서 서로 소개를 하면 어떻겠습니까?"

모두들 찬성하는 분위기 속에서 건물 안으로 들어가기 시작한다.

들어가면서 관표는 공대성의 두 아들 중 한 명을 슬쩍 바라보았다.

'굉장한 무공이다. 공대성보다 오히려 아들이 더 강하다니… 대체 누구에게 무공을 배운 것인가?'

관표가 바라본 인물은 공대성의 둘째 아들인 공관이었다.

공가채의 안쪽.

공화량은 그 자리에 있기가 창피해서 먼저 안으로 들어와 있었다. 그의 시선은 두 명의 딸에게 모아져 있었다.

녹림에서 가장 아름다운 다섯 명의 여자 중 공화량의 두 딸이 포함되어 있을 만큼 두 딸은 아름다웠다.

녹림의 여걸들답게 기질도 강해 보인다.

올해 스물둘, 열아홉의 한창 나이였다.

"너희들은 무슨 일이 있어도 관표를 사로잡아라! 그래서 그가 녹림을 통일하면, 그를 너희가 조종할 수 있게 만들어라! 그에게 약혼녀가 있지만 무공도 모르는 여자다. 그 정도의 여자라면 너희들의 적수가 되지 않으리라 본다."

공대성과 공화량이 노린 것은 바로 이 부분이었다. 이미 한차례 충돌로 관표의 힘을 느낀 공화량은 적극적이었다.

만약 두 딸인 공연과 공소가 관표의 마음만 사로잡는다면 마지막 수단은 쓰지 않아도 될 것 같았고, 무혈로 녹림을 먹을 수 있으리란 생각을 한 것이다.

그렇게 된다면 동생인 공관이 초청해 온 고수들을 이용하지 않아도 될 것 같았다. 그리고 형 된 입장에서 동생이 초청해 온 고수들을 이용한다는 것도 꺼림칙했다. 그들의 무공이 상상 이상으로 무서운 것도 불안했다.

역시 자연스런 방법으로 자신이 녹림맹의 중심에 들어서는 것이 옳다고 생각을 한 것이다. 물론 조금 전 관표에게 여자가 있다는 말은 들었다. 그러나 그는 신경 쓰지 않았다.

녹림처럼 거친 곳에서 무공을 모르는 여자란 아무 도움이 되지 못한다. 그에 비해서 강하고 아름다운 자신의 두 딸은 교활하고 매력적이었다.

또한 큰딸은 경험도 많아 아직 총각에 불과한 관표 정도는 금방 녹일 수 있을 것 같았다. 그래서 안심이 된다.

공화량의 큰딸인 공연 역시 남자를 후리는 것이라면 자신있는 여자였다. 이미 수없이 거쳐 간 무림의 남자들도 자신의 미모에 넘어오지 않은 자가 없었다. 그들 중엔 소림의 중까지 있었으니, 관표처럼 순진해 보이는 남자쯤이야 별거 아니란 자신감이 있었다. 이미 문틈으로 관표와 소소를 면밀하게 관찰한 그녀였다.

좀 걸리는 것이 있다면, 소소의 존재였다. 그녀는 확실히 빼어난 몸매를 지니고 있었다. 그러나 아름답지만 무공을 모르고 유순해 보였기에 충분히 자신이 있었다.

공연이나 공소가 본 관표는 영웅으로서 부족함이 없었다. 반드시 손아귀에 넣고 싶은 남자였던 것이다.

두령급의 인물들이 자리에 앉을 때, 소소는 머리에 쓰고 있던 모자를 벗었다. 순간 면사를 쓰고 있음에도 갑자기 방 안이 환해지는 느낌이었다.

모든 시선이 소소에게 모아진다. 그들은 모두 넋이 나간 모습들이었다. 원래 녹림의 인물들이 여자에게 약한 것은 당연했다.

특히 공대성의 두 아들은 소소의 얼굴에서 시선을 떼지 못한다.

이때 공화량이 두 명의 딸을 데리고 왔다.

그렇게 되자 방 안은 더욱 화사해졌다.

공화량은 관표에게 다가와 말했다.

"제가 녹림왕에게 무례했던 것을 용서하시기 바랍니다."

"이미 잊었소."

관표의 담담한 말에 공화량은 다시 한 번 위축이 되는 것을 느끼며 얼른 두 딸을 앞으로 밀면서 말했다.

"제 두 딸년입니다. 마침 관표님을 흠모하던 차에 이곳에 오셨다고 하자, 뵙고 싶다고 하도 졸라대서 데려왔습니다. 어서 인사들 하거라! 이분이 바로 녹림왕 관표님이시니라!"

공화량의 고함에 공연과 공소는 다소곳이 인사를 한다.

"공연입니다."

"공소예요. 만나뵙게 되어서 영광입니다."

두 여자가 서로 번갈아 가며 인사를 하자 관표가 덤덤한 표정으로 말했다.

"관표입니다. 두 분 소저를 만나뵙게 되어 영광입니다. 그리고 이쪽은 약혼녀인 소소입니다."

관표가 인사를 하고 소소를 소개하자 두 여자의 눈이 예리하게 빛났다. 소소가 다소곳한 표정으로 고개를 숙였다.

"소소입니다. 두 분 아가씨를 뵙게 되어 영광입니다."

공연과 공소는 얼른 눈빛을 감추고 말했다.

"앞으로 잘 부탁해요."

"무공을 모르는데 무인의 아내가 된다는 것은 힘들지 않던가요?"

언니인 공연이 노골적으로 묻자 소소가 웃으면서 말했다.

"생각보다 어렵지는 않습니다."

두 여자는 알 듯 모를 듯 웃으면서 자리에 앉았다.

관표의 옆 자리에 앉고 싶었지만 한쪽엔 소소가, 다른 한쪽엔 천호왕단이 앉아 있었다.

그는 관표를 빼고 최고 연장자로서 그 자리를 차지한 것이다. 이렇게 몇몇 중요 인물만 빼고 수하들은 밖에 따로 자리를 마련하여 음식을 먹고 있었다.

서로 자리에 앉아 이야기를 나누기 시작하면서 공씨 남매는 거의 노골적으로 관표를 유혹하기 시작했다.

그 모습은 몇 번이나 과문과 장칠고, 그리고 관표의 눈살을 찌푸리게 만들었다. 그러나 그녀들은 그것이 관표가 마음이 동해서인 거라 착각하고 더욱 노골적으로 나왔다. 그러나 백리소소는 관표의 옆에 다소곳이 앉아서 그의 음식을 챙겨줄 뿐 모르는 척하고 있었다. 그 모습은 누가 보아도 여염집의 요조숙녀였다.

공씨 자매는 살기 어린 눈으로 그런 소소를 노려보곤 하였다.

안 되겠다 싶었는지 공대성이 말했다.

"공연아, 네가 소소 낭자를 모시고 공가채를 구경시켜 주련."

"예, 할아버지."

당차게 말하고 일어서는 공연은 희미하게 미소를 지었다. 그렇지 않아도 기다리던 참이었다.

공연이 소소를 보면서 말했다.

"저희를 따라오세요. 공가채는 정말 아름다운 곳이랍니다."

소소는 군말하지 않고 일어서서 공연을 따라나섰고, 그 뒤를 공소가 따라나섰다.

그녀들이 나가자 장칠고가 일어서려 하였다.

"내버려 두어라!"

장칠고는 놀라서 관표를 보았다가 정색을 하면서 전음으로 말했다.

"소소님이 위험할 수도 있습니다."

"걱정하지 않아도 된다."

관표는 태연하였다.

장칠고로서는 이해할 수 없었지만, 무엇인가 이유가 있으리라 생각하고 자리에 주저앉았다.

그로선 무공을 전혀 모르는 주모님이 걱정되었던 것이다.

장칠고가 보기엔 공씨 자매는 매우 뛰어난 무공을 지닌 여자들이었다. 그리고 그녀들이 관표에게 보인 과도한 관심은 소소에게 질투로 이어져 있다는 것도 눈치채고 있었다.

그녀들끼리만 있게 된다면 어떤 일이 일어날지 예측할 수가 없었던 것이다. 그 점에서는 과문이나 왕단도 걱정이 되었기 때문에 관표를 보았지만 그는 여전히 태연하였다.

왕단이 전음으로 관표에게 말했다.

"제가 알기로 공씨 자매는 상당히 위험한 여자들입니다. 주모님을 그냥 두어도 괜찮겠습니까?"

"걱정 마십시오."

관표는 여전히 태연하였다.

왕단이나 과문, 그리고 장칠고로서는 어쩔 수 없는 상황이었다. 이때 공관이 일어서며 말했다.

"그럼 준비한 것을 가져오겠습니다."

"그러도록 해라!"

공관이 밖으로 나가자 모든 사람들이 궁금한 표정으로 공대성을 본다. 공대성이 웃으면서 말했다.

"얼마 전에 산채의 아이들이 귀한 술 몇 단지를 구해왔습니다. 그래서 오늘 이 자리에서 개봉을 하려고 준비해 두었습니다."

술이란 말이 나오자 모든 사람들의 눈이 빛났다.

녹림인치고 술 싫어하는 사람이 있을까? 아마도 거의 찾아보기 힘들 것이다. 특히 특별히 준비한 술이라고 한다면 귀한 술이 분명할 것이다. 궁금함을 못 이긴 오대곤이 물었다.

"대체 어떤 술입니까?"

"혹시 강소성 북의현 마을에서만 난다는 청송주란 말을 들어보셨습니까?"

공대성의 말에 자리에 있던 사람들은 모두 놀란 표정이었다.

강소성 북의현의 청송주는 솔방울을 이용해서 특수하게 담근 술인데, 맛과 향이 일품이라 왕에게 정기적으로 납품되는 술로 유명했다.

"와아아!"

함성이 울려 퍼지면서 모두들 기쁨을 감추지 못했다.

공가채의 뒤쪽으로 돌아가면 창고가 하나 있었다.

공관이 그 안으로 들어가자 술통들이 즐비하게 놓여 있었고, 그 옆으로 삼십여 명의 괴인이 앉아 있었다. 그들 중 한 명의 노인이 일어서서 들어오는 공관을 보고 말했다.

"도착했는가?"

"관표와 몇몇 두령들이 도착했습니다."

"그럼 되었다. 이제 시작할 때가 되었네."

노인의 말에 공관이 머리를 조아리며 말했다.

"환제님, 굳이 술에 독을 풀 것까지 있겠습니까? 환제님과 완전히 완성된 혈강시가 둘이나 있는데."

공관의 말에 환제의 표정이 서늘해졌다.

"네놈은 아직 관표에 대해서 잘 모른다. 그러니 시키는 대로 하기나 해라!"

공관은 기겁해서 고개를 숙인 다음, 술 단지를 집어 들며 밖을 향해 말했다.

"무엇들 하느냐? 어서 들어와 술단지를 들어라!"

공관의 말이 떨어지자 밖에서 대기하던 세 명의 남자가 들어와 널려 있는 술 단지 중에 표시를 해둔 술 단지를 들어올렸다.

공관은 술 단지를 들고 환제를 보면서 말했다.

"부탁이 있습니다."

"무엇이냐?"

"이번 일이 끝나고 관표의 여자를 저에게 주십시오."

"그건 알아서 해라!"

환제의 허락이 떨어지자 공관은 더없이 기쁜 표정을 지었다.

공씨 자매는 몇 군데를 돌아 소소를 으슥한 곳으로 끌고 갔다. 그녀들은 아무 의심 없이 쫓아오는 소소가 참으로 한심해 보였지만, 시침을

뚝 떼고 있었다.

어떻게 된 맹추가 어디로 가냐고 묻지도 않는다. 마치 어디로 갈 건지 알고 있는 것처럼.

그녀들은 드디어 아무도 없는 으슥한 숲까지 소소를 데리고 갔다. 소소는 여전히 말이 없었다.

이윽고 두 자매가 걸음을 멈추자 소소도 걸음을 멈추었다.

공연이 히죽 웃으면서 말했다.

"네년이 관표 그 자식의 약혼녀라고? 호호, 오늘로 그것도 종지부다."

공소가 역시 허리춤에서 검을 뽑은 다음 말했다.

"무공도 모르는 년이 감히 영웅의 아내가 되려 하다니. 얼굴만 예쁘면 되는 줄 아는가?"

"네년의 얼굴을 완전히 뭉개주마!"

공연과 공소는 입에 사정을 두지 않았다. 그런데 그녀들의 말을 듣는 소소는 응답이 없었다.

두 자매는 그녀가 겁에 질려서 대꾸도 못한다고 생각하였다.

어찌 보면 참으로 소소가 불쌍해 보이기도 하였다.

공연이 더욱 사악한 웃음을 짓고 말했다.

"네년은 이제부터 처참해질 것이다. 모두 나와라!"

공연이 누군가를 부르자 숲에서 건장한 체격의 남자 다섯이 나타났다.

"저년을 집단 윤간하고 죽여라!"

명령에 거침이 없는 것으로 보아 이미 이런 일이 여러 번 있었다는 것을 짐작할 수 있었다.

소소가 가볍게 웃으면서 면사를 벗었다.

갑자기 숲이 환해지는 것을 느꼈다.

다섯 명의 남자는 모두 넋이 나가 버렸고, 나름대로 미모에 자신이 있던 공씨 자매도 눈이 몽롱해질 정도였다. 그러나 놀라기에는 아직 일렀다.

백리소소는 눈에 살기를 담고 말했다.

"오늘 그렇지 않아도 기분이 별로였던 참인데, 네년들 잘 걸렸다. 감히 서방님께 추근거려?"

백리소소의 막말에 그녀들은 어이가 없었다. 너무 겁을 먹어 어디가 잘못되었나 싶기도 하였다.

백리소소는 붉은 영웅건을 꺼내어 머리에 묶으면서 말했다.

"오늘 네년들은 그동안 저질러 온 죗값을 받을 것이다. 아울러 저 개자식들도."

"뭐, 이런 미친년이……!"

공연이 입에 거품을 물고 말할 때 소소의 신형이 안개처럼 흩어졌다. 공연이 놀라서 말을 멈추고 눈을 크게 뜨는 순간 백리소소의 신형이 그녀의 앞에 나타났고, 이어서 그녀의 이마가 그녀의 입술을 사정없이 격타해 버렸다.

픽! 하는 소리가 들리며 그녀의 앞니가 몽창 부서져 내렸다. 이어서 백리소소의 신형이 바람처럼 움직이며 발로 다섯 남자의 낭심을 걸어 차 버렸다.

너무 빠른 동작이라서 모두들 멍하니 보고만 있었다. 감히 피할 생각도 하지 못했다.

퍽! 퍽! 하는 소리가 연이어 들리며 '끄윽' 하는 비명 소리와 함께 다섯 남자가 그 자리에서 무너져 내렸다.

그 정도로 멈출 백리소소가 아니었다.

그녀는 이미 겁에 질려 덜덜 떨고 있는 공소를 차서 넘어뜨린 다음 젖가슴을 발로 차버렸다.

꺅! 하는 비명을 지르려는 순간, 소소의 손가락이 공소와 공연의 아혈을 점하고 있었다.

그런 후, 소소는 다섯 명의 남자를 사정없이 걷어차고 때리기 시작했다. 갈비가 부서지고 허리가 꺾어지면서 버둥거리던 다섯 남자는 영원히 불구가 되어버렸다.

다시는 계집질도 못할 것이고 걷지도 못할 것이다.

공연과 공소는 안색이 창백하다 못해 푸르게 변해 버렸다.

온몸이 덜덜 떨린다.

백리소소가 그녀들에게 다가왔다.

"네년들을 어떻게 패줄까?"

두 자매의 안색이 하얗게 변하면서 눈이 돌아가고 있었다.

퍽! 하는 소리와 함께 백리소소의 머리가 두 자매를 연이어 내리찍고 있는 가운데, 숲은 점점 어두워지고 그 안에 소소의 앙칼진 목소리가 맴을 돈다.

"앞으로 내 낭군을 넘보는 년들은 모두 이렇게 된다!"

공관이 수하들과 함께 술 단지들을 들고 들어오자 여기저기서 군침 넘어가는 소리가 들린다. 공관은 술을 든 종지를 모두에게 돌린 다음 말했다.

"자, 이곳에 오신 여러 두령님들을 위해 한잔 올리겠습니다."

그는 먼저 한 잔을 마신 후 잔을 들어 보였다. 그러자 모든 사람들이 술을 마시기 시작하였다.

〈제4권 끝〉